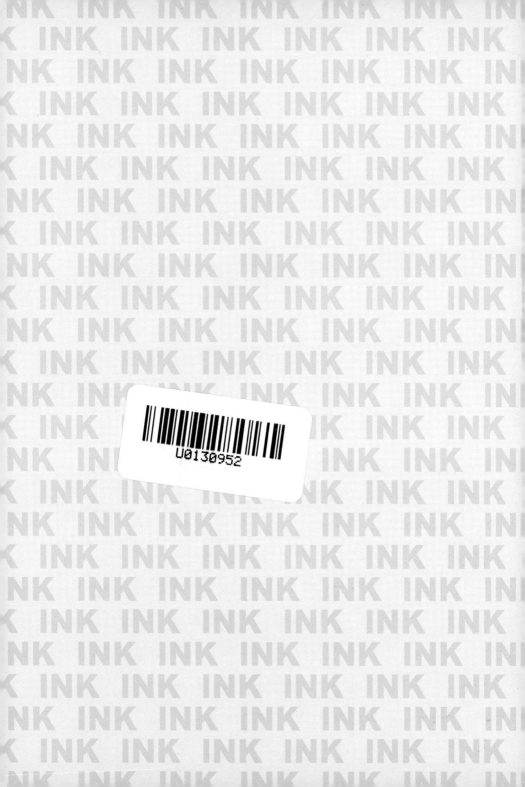

INK

文學叢書

216

同學少年

周志文◎著

記憶所及的正是細節，而不是全貌，是劇情發展的高潮，而不是全劇。

——Joseph Brodsky, *Less Than One*

目次

（序）

貝多芬的後山童年

——我讀周志文《同學少年》

張瑞芬

我原以爲周志文教授是很老派的（至少《時光倒影》是足夠嚇退路人如我了），直到讀了《同學少年》，才彷彿明白了一點原先所不明白的。

一個人在什麼情況下會去反芻自己的童年呢？那水光倒影中衣衫襤褸的自己，並不是每個人都願意再次面對的。在去除了所有矯飾與層累之後，用最素樸的語言說故事，像一個孩童般捧起碎裂四散的記憶拼圖，茫然四顧。這樣的毫無防備我喜歡，也讓我想起沈從文曾經形容的，一切是那麼和諧，又那麼愁人。陽光靜靜落在河灘上，那種顏色、聲音和神氣，總是令人心跳，很厲害的被感動著。這是作者自己提筆的心情吧！甚且，也是一個讀者讀周志文的書從未有過的感覺。

記憶的河灘上，亂離歲月，四歲就失去父親，依附軍眷身分的姊姊來台，和不識字的母親、年幼的弟妹在近太平山林場的宜蘭鄉下艱苦討生活。像被連根拔起後棄置於河岸上的野草，連軍隊或國家體制都無法攀附的，在自然風日和荒地石罅中長養。同樣是後山漁港，純樸的鄉間海風與人情，周志文筆下「想我小學的同學們」，卻和邱坤良（《南方澳大戲院興亡史》）不同。邱坤良一派在地人的篤定，日光閃在活跳跳青花魚鱗上，潑辣辣新鮮帶水，周志文筆下的人間，不知怎的，遠山帶霧，斜陽掩映，光影下的反差，襯出了一個青灰色的世界。瘋狗、紅猴、詹國風、魏黃灶、林烏丢、尤金祝、姚青山或小女友毛毛，像與整個世界完全無涉似的，多一個不多，少一個不少，也像紮的紙人或紙馬，死了，也就死了，活著的，繼續活著，簡直是二十一世紀台灣後山版的《呼蘭河傳》。

說周志文《同學少年》神似沈從文或蕭紅，恐怕非假。你看這開篇的〈路上所見〉，上學途中路經小鎮的「暗間仔」（妓女户），看鶯鶯燕燕當街挽面，晴日洗髮篦頭蝨；畫工在路旁戲院畫看板，渾似湘西頑童沈從文上學途中當街看鬥毆、宰牛、彈棉花一樣。這開膛剖肚的世界充滿驚奇，《同學少年》不僅是一個外省小孩在台灣鄉下的成長史，見證了時代的多義性與一個成人「內在的小孩」（inner child），也印證了周志文自己在《冷熱》這本書中曾說的，大部分人一生所做的，無非是無聲的烘托別人的光芒。一個紐約愛樂交響樂團的首席長笛手，縱使技藝非凡，也只作得錄影帶中樂團邊邊一個配角，更不用說紛如螻蟻的眾生了。

這種「浮生」哲學與藝術家思維，取鏡異常低調，敘述極其耐心，像小津安二郎或侯孝賢的電影，榻榻米一角電風扇沉默的吹著，時間如同靜止了一般。周志文以往的文章中就多這種冷靜切入的角度，《三個貝多芬》〈黑暗的角落〉曾具體點出，舞台其實是一個封閉且目盲的地方，表演者在強光中完全看不見觀眾，所有的藝術活動其實是在誤會之下進行的。台上台下兩種人生，因此一個藝術家終生都泅泳（或掙扎）在這種顚倒之中。作爲一個創作者，時時回到黑暗的角落就觀察位置是必要的，因此採馬齒莧、撿煤炭、看戲尾仔，「同學少年多微賤」的童年便特具意義。因爲童心野性，出乎自然，而且躲藏是一種快樂，時時有著意外的驚奇，而絲毫沒有半點勉強。正如《同學少年》〈吃教記〉中孩童作禮拜兼領救濟品，形同在不同的教堂中漫遊兼乞討，「從低暗的角落仰視世界，早早就看出世界的污穢與醜陋」。孩童的心眼透亮，無須繁複的辯證，早早就見出教堂是一個不折不扣的塵世。〈白鴿〉一文，藉由小學不慎留級的親身經歷，體會大人世界是可以合法羞辱弱者的，「留級使我洞察人性中深藏的悲劇，惡的本質」。從留級同學簡武次手中輕騰飛去的白鴿，是人世間柔軟的眞心、發亮的雄圖、悲壯的意志，或必然墜毀的美麗人生？成了一個難解的謎。

悲歡人生，戲夢何如？周志文《同學少年》這一系列二十篇文字，因此並不是甜美的緬懷，無邊的冥想，而有著「浮世眾生」的普遍性。像詹宏志《綠光往事》那些婆媽阿姨與書店老闆們，他們印證了「生命裡每個片刻都有特殊的存在之理」，我們遇到的每個人都是獨一無二的。早些年張大春的《本事》，駱以軍的《我們》，也是一樣。杜甫的「同學少年多不賤，五陵衣馬自輕肥」，多少有些嘆老傷貧的酸味，周志文比這卻多了一點寬解與涵容，同學少年多微賤，那才是眞正的人間，意外、災禍、無常、老病與淪落的人間，正常無比的人間。

放下頭巾氣，周志文回顧自己身爲大學教席，浩渺世間，知識仍然有限，和一輩子不識字在菸廠當女工的母親「其實差別不大」；昔日家境優渥，引領他進入文學世界的小學同學，於今平庸淪落，飄零四散，如「空山松子落」。《同學少年》這本書因此不是建立在知識論或「我的朋友胡適之」一類的思維之上的。你看他之前連在《風從樹林中走過》寫師友也不是寫的臺靜農、鄭騫，而是張敬（清徽）。眾多有名者中，寫了一個最寂寞的〈身爲上過張清徽老師生前最後數年課的學生之一，誰能比我更理解〉。在《同學少年》〈遙遠的音符〉一文中，周志文引達賴喇嘛的話：「回憶生命中接受過的恩惠，並對別人的布施感恩，即使別人並不是有心施恩於你」，道出了他寫作這系列童年往事的初衷。這是何等卑微的心願，低下的姿態，俯首巨大命運的謙卑。這書中哪一個紛如螻蟻的生命，不曾有過花樣的年華、月樣的精神、冰雪樣的聰明？這許許多多淪落的生命，誰又和誰的生命眞正相關呢？

周志文嫻熟古典音樂，也擅長提出生命的反差作爲深思，在較早的散文集《冷熱》中，他就觀察到奏出美麗的樂音的大提琴家，其實有著一雙因長時間按弦而醜陋變形的左手。人生悲歡交集，巨大的痛苦與煎熬，往往淬鍊出生命的極致光彩。偉大藝術家的貢獻，就在於爲這紛亂世界詮釋或創造一個和諧的新秩序。正如同樂聖貝多芬的《第五號交響曲》，誰想得到是寫成於飽受耳聾苦痛之時？而滔滔濁世，又有多少人聽而不見，如同是「聽得到眾音的聾子」呢？這世界，美麗又醜陋，眞實又虛假，《三個貝多芬》這奇特的書名就像一個精妙的隱喻，一個貝多芬名垂千古，一個貝多芬街頭討生活，另一個則放浪形骸，佯狂避世。這足夠詮解人生的了。就像他自己一樣，既名士風流，又老成持重，鐵觀音佐以白遼士《克麗奧佩特拉之死》（*La Mort de Cleopatre*）獨唱曲，既衝突又和諧。

周志文在早年的〈井旁邊大門前面〉一文中曾說到〈菩提樹〉對舒伯特的意

義，對一個邁入老年的人，童年的追想不僅是甜蜜，而且是生命中最深沉的依戀。《同學少年》這一系列文章，原本以「五陵衣馬」專欄形式在《印刻文學生活誌》發表，集爲一帙後，更顯出它完整的結構來。篇題像藏頭詩一樣，〈母親〉、〈寫在沙上的〉、〈白鴿〉、〈火車夢〉、〈影戲〉、〈紫荊花〉……，看似閒談無心，其實很老手。例如〈散落與連結〉用三段兒時回憶道出音樂相關的啓蒙，「莫道兒」是荒腔走板的音樂課爆笑誤解；到同學「目屎阿欉」家聆聽華格納氣勢磅礴的歌劇唱片，成爲年少初體驗；放學途中，懵懵懂懂在教會牧師娘窗外聆聽偶然飄出的美麗樂曲。這些孤立的隕石，竟然彼此激盪成整體的生命，在某一個奇妙的時刻，一些不相關的突然都相關了。周志文這種東拉西扯，類似講古閒說的手法，活潑草莽而特具人情味，主脈扣得緊，結尾常轉出另一層意思，文字是特意素顏無妝的，淡到極致，有苦澀味，極爲耐品。〈影戲〉、〈怪力亂神〉都是這樣的好文章。

不相信周志文《同學少年》是特意洗淨文字鉛華，純用白描的人，不妨回顧他冷靜內斂的散文集《三個貝多芬》、《冷熱》、《風從樹林走過》，說理雄辯的時論專欄《瞬間》、《在我們的時代》，甚至淵雅精深的《布拉格黃金》樂評與《時光倒影》典故。周志文的文字是相當熟成而富涵內在秩序的，然而外表沉靜的河流，卻有著活潑的底蘊，龔鵬程説他個性孤涼，語妙天下，善作滑稽語，我是有一點相信的。寫了那麼多書還不出名，不孤涼也難，而讀《同學少年》害我笑到翻倒，就覺得這個作者實在是搞笑一哥。你看他〈散落與連結〉寫兒時上音樂課：

> 音樂課老師在教黃自寫的〈天倫歌〉，其中有幾句是：「莫道兒是迷途的羔羊，莫道兒已哭斷了肝腸」，後面又是「奮起吧孤兒！驚醒吧，迷途的羔羊」，分明説莫道兒是個孤兒。

這讓我想到聽盲詩人莫那能和他的朋友説的笑話，原住民小孩背國父遺囑：「余致力國民革命凡四十年……」落落長一大串，下面沒一句聽得懂，心裡只覺得「余致力」是哪個倒楣鬼，革命四十年還不成功，實在太不幸了。

亂世不能以莊語啊！周志文從小聽母親説父親信的是「野獸」，原來是寧波口音講「耶穌」；「洗了泥脖」鵝兒快樂，昂首唱清歌，可以理直氣壯錯一輩子；鄉下老師才疏學淺，竟把「慚愧」唸成「見鬼」；名爲「冬枝」的同學原來是「童乩」；林「烏丟」這怪名，竟是户政事務所誤植了一個堂皇無比的佳名「宇宙」。眞相醜陋不堪，混沌反見清明，《同學少年》諸多情節那麼可笑，卻又那麼眞實。周志文這一系列童年回憶故事想必未完，以他近日自台大中文系退休後豐沛的寫作能量，或許在可期待的未來，竟是餘韻繚繞，清音可期的。

讀周志文教授新作，使我想起英國著名的藝評／樂評家哈默頓（Philip Gilbert Hamerton, 1834-1894）說的：「你絕對看不到本身思想對讀者的影響，他們都在遠離你的地方生生死死。」（You never see the effect of your thinking on your readers, they live and die far away from you.）讀者在遠離作家的地方生生死死，作家不也是在遠離讀者的地方生生死死嗎？面對一個從來也沒有了解過的作家，讀者的心情，很像是荒野中驚喜迷途的鹿，循著寂涼幽谷，步步踏尋，望向前方的光明。在電光石火之間，散落成了連結，不相關的竟然都相關了。

周志文自稱，記憶中的聲音紛亂不堪，耳中的世界卻井然有序。不同凡俗的生命，有一個凡俗的開始。《同學少年》這本書說的，或許正是：貝多芬的後山童年，或許從來也沒有結束過。

二〇〇八年八月八日序於逢甲大學中文系

路上所見

我從童年經少年到青年都住在台灣東北部的一個小鎮上，小鎮是林產的集散地，在日據時代就很繁華。四九年之後，林產一度還是重要產業，爲地方帶來不少財富，但明顯已不如以往，屬於雪山支脈的太平山，山上林場盛產的檜木已被砍伐殆盡，再加上五〇年代末期，政府修了一條從太平山到縣府所在宜蘭市的道路，所剩無幾的林木又直接被運到了宜蘭，從此之後，林業榮景不再，小鎮就須面對自己逐漸衰頹的命運。

但小鎮到底是偏僻的小地方，不論沉睡或醒來都需要時間，這裡的人神經鬆弛，欲望與氣度都不大，對自己的未來，大約在十步之外就渾然不覺，既不耽心，也沒有憧憬，整體看是渾渾噩噩的一片。

台灣有句俗話：「天公疼憨人」，意思等於是傻子有傻福，既是命運，窮耽心也沒用。小鎮在蘭陽平原的中心點，四周農業出產尚盛，加上交通是輻湊之區，林業蕭條了，還有其他可頂替，六〇年代末，台灣經濟逐漸從萌芽到「起飛」，連帶讓小鎮繁榮又有了恢復之勢，只是其中的變化，須從外頭看，小鎮裡的人反而都沒什麼感覺。十餘年的沉寂，對這裡的人而言，好像只是夏日午後坐在涼椅上打了一個小盹一樣。

就在小鎮打盹的時刻，正好是我從童年、少年步入青年的階段。我現在回憶我那一段時日，完全像夢境一般的迷離，每次回到小鎮，看到物是人非或物非人亦非的情境，就想起張宗子囓臂自呼「莫非是夢」的樣子，自己也跌落類似的感懷之中。

我常想起我在少年時在小鎮路上遊蕩之所見，說遊蕩其實多數是上學放學時在路上之所見。小鎮當年小得可憐，從南邊走到北邊，就是放慢腳步，也大約只需半個小時，從東走到西也是。小學我轉了幾次學，記憶有些混亂，但上中學之後，行程就比較固定，我在鎮內的一所中學讀完初中與高中，再加上我曾留級，我有七年的時間，上學放學幾乎走同樣的幾條路，使我得以「飽覽」途中盛景。這裡的飽覽兩字是指天天看、重複看，已有些飽膩的感覺，而不是指小鎮有什麼特殊風光，值得人好好去欣賞。

小鎮在日據時代因爲曾是檜木的集散地而風光過，一度是東洋客與本地富豪的銷金窟，情況有點像北部基隆附近產金礦的九份，但這裡並沒像九份那般急速的暴起暴落，林產的興替究竟比金礦的起落要悠緩些。

在從太平山到宜蘭的道路還沒修好之前，仍有些林木會經公路運到小鎮，鎮西一條名叫中山西路的路端，還有一個原木運輸的檢查站，所有運下來的林木都須在那停車受檢，這裡是鎮上還可以看出它與林產有關的地方。每當運木卡車在路邊停妥，就會有幾個個兒比較大的孩子像猴子一般的攀爬上車，用鐵桿之類的器具把車上巨木的樹皮剝扯下來，他們的動作必須迅速又準確，因爲車子不會久停。車下則有幾個婦人帶著比較小的孩子，把掉落路面的樹皮掃進畚箕，倒進準備好的麻袋中，那些樹皮帶回家，曬乾了可以成爲燃料。站上的管理員與車上的駕駛看到這亂糟糟景象從未阻止過，因爲這些林木運到小鎮，就會被拋到貯木池，樹皮不被剝去也會在水中腐爛掉。那些剛被剝去樹皮的巨木，露出新鮮得像人類肌膚的色澤，像被分解又放大了的人的肢體，當它們被卡車載著在路上招搖而過時，常令人遐想不已。

往日的繁華還在小鎮留下一些印記。在鎮南有一塊不算小的地方，是小鎮著名的「暗街」區。所謂暗街，就是指酒家、公娼與暗娼所聚集的地方，閩南語把那些見不得人的營業叫做「暗間仔」，從事色情行業叫做「開暗間仔的」。家長都警告小孩不要經過那裡，但暗街距離我住家很近，嚴格說來只有小溪的一水之隔，我不得不常常走過，我自少年時代就聽慣了酒女與恩客打情罵俏的喧譁，下里巴人所唱的俗調小曲。早上上學經過時，暗間仔的門窗都緊閉著，像一座死城，但到黃昏放學時就都活轉了過來，那裡眞是一個名副其實的夜的都會。

給我印象深刻的不是暗街平日的樣子。宜蘭以多雨聞名，冬天雨季常常會一整月不見天日，有一天放晴了，早上上學經過，就見每戶暗間仔都打開了門窗，把早已泡濕的棉被墊被枕頭等拿出來曬太陽，有的放在椅子上，有的用竹竿撐在店門口，凌亂又猥瑣，卻顯示這個區域難得一見的朝氣。平日很少見到陽光的妓女，也都出來了，有的坐在店門口的小凳，讓年長的婦女爲她們「挽面」，所謂挽面就是用兩股棉線在臉上不斷搓絞，用來拔除臉上的寒毛，寒毛雖小，連根拔去也會痛的，但被挽的女子，似乎一點痛也沒有的樣子，還在跟人調笑不已。不挽面的妓女則利用難得的晴日洗髮，洗完彼此幫忙梳頭，她們用的是一種名字叫篦子的梳子，是用竹子做的，密得出奇，可以「篦」出髮際的頭蝨，篦出的蝨子得立刻殺死，幫忙梳頭的人總是手忙腳亂的不時用指掐、用牙咬的，口中還不斷驚呼，場面熱鬧而有趣。

四周常聽到人家講那些妓女的故事，台灣傳統社會，觀念是重男輕女，早期窮人家裡的女孩，很多送人作養女，有的給人作「童養媳」，送走的女兒，遭遇都很不好，命運不濟的常被推入火坑成為妓女。最令人不忍聽聞的是推她們入火坑的人往往不是養父母，反而是她們的親生父母，而推她們的理由又不見得都是貧窮。走過暗街區，聽到夜夜笙歌不斷，一片熱鬧，而其中暗藏著的都是令人鼻酸心痛的故事。

在暗街北邊的一個街口，有間雜貨鋪，雜貨鋪什麼都有得賣，而以供應暗街之所需為主，譬如菸酒之類的。門口擺有水果攤，賣些香蕉、芭樂、龍眼之類的土產水果，還賣甘蔗，甘蔗雖不算水果，卻是水果攤的消費大宗，吃的人不少。每天下午起，水果攤前就聚集幾個男人在那兒邊說笑邊啃甘蔗，他們一時興起，往往喜歡玩劈甘蔗的遊戲，引起眾人圍觀。遊戲是把一整隻帶皮的紅甘蔗立在地上，拿一把帶勾的鐵刀頂住甘蔗，然後放刀在空中玩一個誇張的花式動作，正當刀在空中時，甘蔗倒下來了，而那男人在甘蔗還沒全倒的時候，縱刀朝甘蔗劈下去，看劈到哪兒，那段甘蔗就由他獨享，有的人厲害，能把甘蔗從頭劈到尾，那麼整隻甘蔗就歸他一人所有了。整個遊戲在調笑與漫罵中進行，但手上拿的刀又鋒利無比，弄不好會傷到人的，所以過程也有些緊張。後來才知道那些男人是暗娼的保鑣，他們的任務之一是維護暗間仔的安全，在路口看到風吹草動，就連忙通風報信，還有一種任務是阻止被推下火坑的妓女逃跑，他們有和樂的一面，也有凶殘的一面，其實整個暗街都一樣。

在政治禁錮、經濟蕭索的時代，小鎮的娛樂事業並沒有停止，正巧那幾年可以說是電影的黃金歲月。小鎮的電影院由一家增加爲四家。最早的那家在火車站附近，原來是個專門演歌仔戲的戲園子，後來演起電影了，人龍不斷，票房鼎盛，電影院就越開越多了。小鎮雖小，但人口組織結構有點特殊，這裡有一座聯勤（當時軍種的一種，與陸海空軍是平行的）被服廠，員工人數不少，又有兩個陸軍軍眷的「新村」，所以比起其他地方，「外省人」多些，但再多也不過當地居民的二十幾分之一。外省人喜歡看國語片，本地人喜歡看日語片，早期還沒有台語片，大約過了幾年之後，才有哭哭啼啼打打鬧鬧的台語片出現。我記得我看過一部叫做《王哥柳哥遊台灣》的片子，當然是黑白片，完全模仿好來塢的勞萊、哈台的演法，一胖一瘦的插科打諢，動作誇張，還是默片時代留下的痕跡，居然很受歡迎，後來那片子就續集、再續的拍下去了。

街口電影院新張貼出來的廣告總會吸引行人，電影院除了有招貼廣告，還有活動的廣告。活動廣告是讓人前後夾著夾板，夾板上貼著電影海報，沿街敲鑼打鼓，或者用吼叫來爲電影作宣傳，當時叫他們是「廣告的」。有的「廣告的」還化了妝，頂一個紅鼻頭，裝成馬戲團裡小丑，跟黃春明小說〈兒子的大玩偶〉裡的「三明治人」一樣。但這種「三明治人」只流行了兩三年，後來活動廣告就由三輪車取代。

每家戲院都會在他們戲院的門口豎立大型的看板，那些看板又高又大，用來介紹現在上演的或是即將上演的電影，最是引人入勝。看板是由帆布做的，一個巨型的電影看板往往是由好幾個小型的看板組合而成，畫的時候是一小片一小片的畫，拼起來要成爲一整體，不是老於此道者很難做得好。我上中學時，對繪畫曾有興趣，放學後常到戲院的畫房去看師父們畫看板，一度還想投身此業。鎮上大東戲院有一位看板師父最得我心，別人畫人臉時須要在劇照上先用鉛筆打上格子，再在看板上畫放大的格子，然後用炭筆依比例先畫輪廓，才能把畫像畫得準確，而這位師父連畫稿都不必打，看著劇照拿起刷子大剌剌的說畫就畫，一點也不猶疑。在他邊上看，有時不知道他畫的是哪一部分，就是知道他畫的是哪部分，看起來也亂糟糟的一點也不覺得像，要等到他畫完後拿到外面，把一片片的畫板拼合起來，從遠處一看，人物竟像活著的一樣，其傳神的程度，甚至比劇照上還要強呢，真是神乎其技。

街頭林林總總可看的東西很多，不過各人所看到的不見得相同。上學路過，在快到菜市場的街角有一家很小的照相館，這家照相館門面寒酸得很，大門以外就只有一個小小的櫥窗，櫥窗裡放著幾張放大的大頭照，吸引我的，是裡面一張我小學「學妹」的照片。當時彩色照片的色彩生硬得很，沖放的設備也差，有些照相館喜歡把黑白照片加工塗上色彩，不管技術再好也顯得怪異又彆扭，我學妹的那張是張沒加工的黑白照，卻顯得落落大方。學妹比我低一班，名叫崔美琪，本人就很漂亮，但照片把她拍得更美，黑幕做襯墊，使她皮膚更顯白皙，眼睛大又明亮，臉上掛著輕笑，好像準備要跟你說話的樣子，每次經過，都教人不得不多看一眼。

那都是多少年前的事情了？儘管我上大學之後就離開了小鎮，其他家人也陸續遷出，但我每年還會回去幾次，雖然我出生外地，但長於斯學於斯，在情感上言，小鎮也算我的故鄉，它又是我母親的埋骨之所，我總要不時的回去祭掃，然而每次回去，都會或多或少的牽引出黯然神傷的情緒。我以前住過的眷區已改建爲貼滿褐黃相間瓷磚的大廈，裡面住的人已全不認識，眷區前面的小溪，以前是我們小孩練習游泳、婦女洗衣的地方，現在上面加起了蓋子，變成了一條四線的公路了，因爲小溪沒了，「對岸」當然也不再存在，原址的暗街區已建滿了連棟的商業大樓。我突然對當年藏污納垢的暗街懷念起來，那些群聚在街口劈甘蔗爲戲的保鑣，那些邊捉蝨子邊調笑的妓女，不知道後來都被掃到世界的什麼角落了？因爲缺乏實景佐證，有關那個潮濕陰冷時代的記憶，就像褪色而糢糊的面容，消失了後就再也想不眞切。

唯一可以驗證的是低我小學一班的學妹崔美琪了。一次小學同學會見到了她，她與一般中年婦女一樣的發胖了，但面容還很姣好，還看得出小時候的部分模樣。她聽說我在大學教書，特別熱心的告訴我她兒子是某所大學畢業，已在某個令她得意的處所工作之類的事。我一時之間不知道該跟她說些什麼，腦中不禁想起小鎭的那個幽暗的照相館來，想問她那張小時候的照片還在嗎，但話還沒說出口，另一個她同班的女同學大聲插話，硬拉著她要往外走，她尷尬的跟我說她要早點回去，因爲家裡還有一大群牌搭子，正等她回去重燃戰火呢，說完哈哈的笑了起來。她問我剛才要跟她說什麼？我說沒什麼，你還是早點回去吧，她頓了一會，彷彿不懂又彷彿懂似的，笑著說是呀是呀。

遙遠的音符

大約在五年前，我覺得有耳鳴的現象而去看醫生，醫生建議我檢查一下聽力，結果很不幸，醫生說我的聽力在高頻上已經損失了一半，低頻也損失了接近三分之一，而耳鳴呢，他說是隨著聽力的衰退而增加的，基本上是老化的現象。我跟他說我平日聽音樂，並不覺得有什麼高音聽不出來，醫生說高頻不見得等於音樂中的高音，聽力喪失是一點一點來的，通常不會馬上察覺，高頻損失後，高音還聽得見，只是覺得單薄一些，像聽慣身歷聲的立體音響後轉聽單聲道的 Mono 音響。我抗辯說我高低音每個音部都還聽得很清楚啊，醫生笑著臉但用冷冷的語氣說：「也許你幸運，還聽得到很多，也許你聽不到了，你聽到的其實是記憶裡的聲音。」

醫生說的「記憶裡的聲音」，讓我想起一些與音樂或聲音有關的往事。我少年的時候，是沒有聽音樂這類的名詞的，那時台灣一窮二白，哪有餘閒談跟藝術有關的事呢。青年時代在一本書裡看到這樣的句子：「音樂是有感情的聲音。」當時有些困惑，對我們那一代的人而言，如果說「音樂是昂貴的聲音」還比較合理。爲什麼聲音必須加上感情才叫音樂？沒有感情或者不論感情但搭配得很和諧的聲音能夠算音樂嗎？如不能，巴哈的器樂例如鍵盤作品算什麼呢？還有，音樂如非要以感情爲重，那指的又是哪樣一種感情呢？憤怒與仇恨能算嗎？慵懶與無聊，有時蹦出喜悅的火花，有時又覺得所有的秩序都不應存在，要把節奏和聲一切打破打碎才甘心的錯亂情緒，也都是感情，能把它們放入音樂中嗎？如果不能，十九世紀末葉以降，巴爾托克、荀白克、魏本乃至於史特拉文斯基所寫的，都還能算是音樂嗎？

話說得太遠了。然而那本書說的也不見得沒有道理，回憶往事時附帶記起的一些聲響，有時只能算片段的雜音吧，但對回憶者言，因爲帶有感情，卻也能夠算是音樂了。我現在說些有關聲音的往事。

我回憶裡的聲音，很多與我母親有關。譬如小學時，不管天氣多冷，母親總會逼我與她一同早起，要我坐在燉煮早餐的爐灶前面背書。母親是寧波人，她喜歡吃「泡飯」，所謂「泡飯」就是把昨晚的剩飯放在水中熬煮一次，其實就是稀飯，但以前吃的「眷糧」全是久煮不爛的在來米，她要我在爐前顧著鍋子，不要讓在煮的泡飯滾出來，她自己一個人到很遠的水井去提水。那時的水桶是洋鐵皮做的，母親很瘦弱，水桶很重，她在提回來的路上須要休息兩次，我聽到她放下水桶時提手鐵環碰擊鐵桶的聲音，連忙衝出去想幫她，但每次都被罵回，說我背書不專心，小心又要挨她打。母親沒受過什麼教育，不懂得運用鼓勵，認為打罵是讓孩子有出息的唯一方法。我黃昏放學回家，總在沒見到母親之前就先聽到她炒菜的聲音，金屬的鏟子與鐵鍋相擊，發出輕脆而綿密的響聲，夾在其間的是油爆的蔬菜的氣味。

我少年時代，台灣鄉下還有一些傳統的手藝，是靠獨特聲音來招徠顧客的，其中一種幫人磨菜刀剪刀的，手中拿著一條串著鐵片的串子，沿街甩動，刷刷作響，母親聽到後，常叫我把家裡的刀剪拿去磨。母親有把小剪刀是從大陸帶來的，環狀的把手部分，用細藤纏著，母親對它十分珍惜，一直讓它保持鋒利，母親縫補衣服、剪鞋樣、納鞋底都用得到，是母親少有的珍藏。說起母親的珍藏，還有幾塊俗稱「光洋」的民初銀幣，大的叫「袁大頭」，上面是袁世凱的雕像，小一點的叫「孫小頭」，上面雕的是孫中山，當時世面有很多假貨，母親教我辨識的方法是聽它們的聲音，只要用手指托起一片來，在邊緣吹一口氣，放到耳邊聽，就能聽到一陣奇特而拖得很長的「央——」的聲音，母親說那聲音假的是絕不會有的。還有，用兩片銀幣相擊，也會發出清而亮的響聲，聽來十分悅耳，因爲「光洋」是純銀做的，如果摻了假，就沒那麼好聽了……。奇怪的是我對母親的記憶，很多都與金屬的聲音有關，我如是作曲家，一定會用打擊樂器裡的鋼片琴、三角鐵、鈸來表現最溫柔最遙遠的感情，這點恐怕不會被很多懂音樂的人所接受吧。

有些聲音與母親沒什麼關係，但也存在於心的深處，偶爾會悠悠的想起。四五十年前的台灣城市中，有一種專賣早餐佐料的生意人，他會推著擦拭得很乾淨的推車，走遍大街小巷，車上排滿了玻璃做的瓶罐，裡面擺著醬菜豆豉豆腐乳等的食物，也有日式的納豆與醃黃蘿蔔，他停好車，就會拿起搖鈴不停的搖，買他東西的，大多是家庭主婦，小孩也可能跟他買包花生米、筍豆或甜豆來作零食。他搖的鈴跟很多小學搖的鈴一樣，鈴聲清脆而響亮，鈴響的時候好像背後還有小孩嬉戲的聲音呢，讓人充滿喜悅。還有一種聲音發自扁食擔子，本省人把餛飩叫做扁食，每當夜晚，賣扁食的小販把擔子在路燈下安置好，他會技巧的用一把調羹輕擊空碗，發出獨特的丁丁咚咚的響聲，引人來食，那聲音很小，但燒熱的扁食湯中混著蔥薑芹菜末還帶著胡椒的辣味，想吃的人總聽得到。另外一種聲音也與食物有關，也是夜間才聽得到的，那是賣麵茶的聲音。賣麵茶的總是推著推車，推車中間的煤球爐上有一把銅製的大壺，壺嘴上的哨子被壺水的熱氣頂著，發出高昂又興奮的鳴聲，像高音樂器短笛（piccolo）被驚人的肺活量連續吹著高八度的 Mi 。滾水是拿來沖麵茶的，也可拿來沖調又稠又有特殊香氣的太白粉、藕粉。你要微甜或是大甜的呢？小販會問你，現沖現吃，趁熱吃，不管夜晚再冷，包你吃了不餓了也不冷了。

晚間街巷之間有另一種聲音，與前面愉快的響聲不同的，那就是按摩師的笛聲了。早期從事按摩的都是盲人，他出來營業須有人攙扶，通常是一個孩子走在前面，盲人把一隻手搭在孩子的肩上，另隻手拿著只有三個孔的特殊笛子，一邊走一邊吹著。盲人舉步維艱，他的笛聲與步伐總是淒楚的慢板。簡單的笛聲在昏暗的街角響起，尤其在下雨的晚上，清越寂寞又帶有一些悲涼，讓人想起人生就算一番平順，但總也有碰上不如意的時候。

我的小學時代大部分在轉學中度過，才剛熟悉的環境，一下子又變得陌生，使我調適起來有些困難，記憶中的聲音，常常也不是那麼單一而眞切。我五年級的時候，轉學到一個以外省人居多的被服廠子弟小學就讀，那個簡陋的學校在鐵路與鋸木場之間，排山倒海的噪音把我們弄得成天昏頭轉向。音樂課應該是有的，但怎麼上的，現在已一無印象了。只記得跟我們教室相鄰的一二年級有一位名叫林秀蘭的老師，她帶低年級學生扯著喉嚨唱一首歌名是〈喇叭花〉的歌，那首歌的歌詞是這樣的：

> 咧咧啦，咧咧啦，叭叭咧咧啦，開了一朵花。
> 開的什麼花？喇叭花，摘了回去吧！

這首歌沒頭沒腦，劈頭就咧咧啦啦的大叫，歌詞歌曲都粗俗不堪，卻長期縈迴在我記憶中揮之不去，到現在有時還會讓我脫口唱出呢，眞令人絕望啊，每想起這粗糙的音樂，我的童年就變得蒼涼起來。還有一首童歌，首句是「我家門前有小河」，後來「我家門前」就成這首歌的歌名了，我也是聽低年級學生唱而會唱的。但我在這首歌詞的關鍵部分完全給弄錯了，歌詞原來是：「小河裡有白鵝，鵝兒戲綠波，戲弄綠波鵝兒快樂，昂首唱清歌。」我卻把「鵝兒戲綠波」唱成「鵝兒洗泥脖」了，「戲弄綠波鵝兒快樂」唱成「洗了泥脖鵝兒快樂」，直到十多年前一位候選人說要把台北建設成環保模範城市，老帶著競選團隊唱這首歌，我看電視上打出的字幕，才知道自己弄錯了，而且一錯就錯了四十年。

我最早「正式」聆聽音樂，是初二時到同班同學陳啓智家裡聽的，他家住在成功國校邊的巷子裡，好像就是國校的宿舍，也許他的父親或祖父是教師吧。陳啓智的家裡有個喇叭與唱盤相連的三十三又三分之一轉唱機，那時唱片從七十八轉的「硬膠」剛改成三十三轉的「軟膠」不久，所以他們家的那個唱機算是個新貨呢。他家有很多張後來稱作 **LP**（Long-Playing）的唱片，大部分是日本流行歌曲，還有是一些由日本歌改編的輕音樂，跟當時電影院在電影開場前放的一樣。我記得陳啓智最喜歡一首名叫作〈愛染桂〉的演奏曲，每次唱到這首時，就把音量旋大些，自己也跟著哼唱起來。

有次陳啓智從一張米色的封套中拿出一張橘色的膠製唱片，輕輕的將它放在旋轉的唱盤上，現在知道那一定是沒有版權的翻版唱片，音質不會很好，但當唱針接觸唱片，一種從未聽過的莊嚴又繁盛的音樂從小小的喇叭裡傾流而出，開始是三個短音一個長音，然後高低音像回音似的相互應答，後來各個樂部，各種樂器都用同樣的方式發音，融入偉大的聲響中，形成沛然莫之能禦的音樂洪流。我無法形容那奇異的經歷，聲音雖然從我的耳朵灌入，卻像火一般的在我身上燃燒起來，終於沸騰了我的血液，原來那就是貝多芬的第五號交響曲《命運》！我當時不知道看唱片封套上印出的演奏樂團，也不知道指揮是誰，只知道這段音樂給了我無與倫比的屬於生命層面的激盪，它讓我覺得在我身體裡面即使是一些細微末節之處，那些我從來不加顧惜的地方，也都充滿了力道與節奏，我像一張被風漲滿的帆，我從來沒有如此「昂揚」過。唱片的反面還有舒伯特的第八號交響曲《未完成》，《未完成》的旋律輕柔又優美，帶著一些憂傷，有的地方覺得與日本輕音樂有同樣的味道，當然那是不成熟的看法，不過總而言之，《未完成》沒能令我震撼，它在我身上的作用不能與《命運》相比。

這第一次與貝多芬相遇，對我以後的一生影響很大，這要感謝同學陳啓智無意中的引領。達賴喇嘛在一篇講詞中說：「（我們要）回憶過去生命中接受過的恩惠，並對別人的布施感恩，即使別人並不是有心施恩於你。」這段話讓我戚戚於心。初三之後，我與陳啓智不同班，相處的機會就少了。高中的時候他選擇了另個學校，我們就更無機會往來。後來我讀大學，大約在我大三的時候，他考上了我們學校的政治系，在校園我們還短暫交談過。我大學畢業後當兵回來，有一次聽同學說他因參加台獨組織的秘密集會被抓，那時還是要命的戒嚴時代，他在獄中待了些時候，放出來後他政治系有沒念完我不知道，只知道他後來回到家裡，在宜蘭鄉下做販售花粉與健康食品的生意，生意做得不好，過了幾年生病而死了。那次在校園見過之後，我們就再也沒見過面，此後死別而吞聲，想不到人生的際遇就是這樣的深不可測。

耳鳴不斷，一些輕微的聲音已經聽不太到，再加上世間嘈雜，周圍總是噪音不絕，每次聽人說話，總要人家再說一遍，就表示自己老了。醫生說我聽到的是「記憶裡的聲音」，老實說，我記憶中的聲音也是紛亂不堪的。感謝少年時代的陳啓智幫我開啓了一扇聽覺的新門戶，讓我從青年之後，有機會進入音樂的樹林，能在其間從容漫步，有時沉思，有時什麼都不做的只是在那兒單純的歇息。我記得最初的震撼與感動來自貝多芬的《命運》，而最大的啓示也在那兒：生老病死，美麗與衰頽，希望與絕望，三短一長，三短一長，人的一生有誰能眞正掙脫「命運」的掌握呢？

飯疏食飲水

《論語》中孔子曾形容自己說：「飯疏食飲水，曲肱而枕之，樂亦在其中矣。不義而富且貴，於我如浮雲。」我很喜歡這幾句話，這幾句話有道德的境界，也有美學的境界。不爲富貴所迷惑，當然是道德的，但孔子對富貴並不敵視，即便是「不義」的富貴，孔子也沒疾言厲色的「反對」，如果他敵視又反對的話，他會說：「不義而富且貴，於我如糞土。」或者說：「不義而富且貴，於我如寇讎。」孔子沒這樣說，只說：「不義而富且貴，於我如浮雲。」這裡面當然有批評，但批評得很平和，舉浮雲爲例，不但貼切而且優美，所以這幾句話有美學的境界。朱注曰：「疏食，麤飯也。」麤即粗，飯疏食，即指吃粗糙的食物，現在的保健學者，都主張人應多吃粗食少吃精食，喝不加工的最純淨的水，所以這句「飯疏食飲水」，不但是道德的與美學的，又具有健康學上的含意了。

有人把疏食誤解成蔬食了，食蔬即素食，素食沒什麼不好，但孔子不是素食主義者，〈鄉黨篇〉有一些關於孔子肉食的記錄。吃肉吃素，純粹看各人習慣，還得看環境是否能供應，中國流行的大乘佛教都主張斷腥茹素，而同屬佛教的西藏蒙古喇嘛教都是允許吃肉的，原因無他，高原或沙漠地區，根本沒有菜蔬供應，不吃肉就得餓死，可見飲食習慣是受環境影響限制的。

還有一般人把吃魚吃肉叫做吃葷，也是弄錯了。按《說文》曰：「葷，臭菜也。」「臭」讀如「秀」，古人把特殊的氣味稱爲「臭」，這種特殊的氣味也包括香氣在內，所以《易經．繫辭》有所謂「其臭如蘭」的說法。葷菜依古時的用法是指像蔥椒蒜韭之類有刺激性的蔬菜，中國佛教有些教派「戒葷腥」，指的是不食肉之外，連帶有刺激性的菜蔬也一概在禁絕之列，有些教派則比較寬鬆，所禁食的「葷」，不那麼嚴格，但「腥」是一定得禁的。

下面雜記一些我幼、少年時代有關飲食的回憶。

我童年時代不吃肉也不吃魚，只吃素食，這完全是天生的，跟環境無關。我出生在抗戰時代的湘西，當時物力惟艱，母親生我的時候年紀已大，沒什麼奶水了，正好我同母異父的大姐也生孩子，她年輕奶水充足，自己的孩子餵食不完便也讓我吃，弟妹吃姐姐或嫂嫂的奶長大，這在以前是常有的事，而現在就不太可能有了。我略大後，母親就搭配一些嬰兒食品給我吃，當時湘西鄉下有一種食物叫做「米糕」，是把米細磨成粉壓製而成，加熱水調成糊狀，用來餵食孩子很適宜。我再長大，母親就又搭配大人吃的稀飯餵我，稀飯中常攙拌些菜湯肉汁等的，說也奇怪，如果是肉汁，我吃了一定嘔吐，如拌的是素菜湯汁，我則吃得津津有味，母親曾經請教過別人，那人說這小子說不定是和尙轉世的呢。

我的飲食習慣，直到今天還是以素食爲主，雖然也已能吃些葷腥了，但如純吃肉或魚，就十分勉強，西方人有無肉不成餐的說法，對我而言是不能成立的。我也吃西餐，對西餐裡的主餐往往興趣缺缺，西餐中最吸引我的反而是烘焙可口的麵包及清爽的生菜沙拉。十餘年前某一天，朱立民教授請我到來來飯店地下一樓的一家義大利牛排館吃牛排，我覺得裡面最好吃的是蔬菜湯與無限供應的熱麵包，害得朱老師半開玩笑半正式的說，我是請你來吃牛排的不是請你來吃麵包的啊！

小孩斷奶後第一次吃肉製品，一般人稱之爲「開葷」，據家人告訴我，我的開葷史是從吃蟲開始的。我大約三歲的時候，牙齒已長得周全，大人有時會給我幾粒蠶豆花生之類的零食吃，其中一種炒花生味道有點怪，十分油酥，果仁也不是那麼堅硬，焦脆中帶有一點苦味，吃了陣子，那苦味在口中有點「回甘」，就不那麼苦了。後來我才知道那是蠶蛹用茶油炒過，加上些許鹽巴，樣子跟油炸花生很像，春夏之交蠶絲的收穫季，蠶蛹的產量極多，成了湘西人最普遍的零食，想不到那竟是讓我「破戒」的元凶。

吃過蠶蛹，我竟沒吐，大人就逐漸餵我吃些「肉邊菜」，正式的肉我仍然不吃，吃進嘴裡還是會反胃，但浸泡過肉汁的菜蔬就漸漸沒問題，偶爾有點肉末進口也無大礙了。但我直到小學畢業，幾乎沒有「正式」的吃過肉，據我姐姐後來告訴我，我的童年生涯，在家人眼中，我只是個沒有受戒的出家人罷了。

我後來的童年在宜蘭鄉下度過，姐姐是軍眷，又帶著好幾口沒任何配給的「旁系親屬」，我們家居艱難，平日有米下鍋已是幸事，菜色上當然沒能力講究了。我記得母親會做有名的寧波水磨年糕，每逢過陰曆年前，她總會向附近農家借磨來磨糯米，當然負責磨磨的是家裡唯一的男生我了。我費力的一圈圈的磨著，她在旁邊一勺勺的把泡發好了的糯米舀進磨眼裡，米漿就汩汩的從磨槽流出，把米漿放入布袋中壓乾，一小部分拿來包湯圓，大部分再參些其他的原料拿到蒸籠蒸，就成了年糕了。寧波年糕本身不作興調味，蒸好了一片雪白，充滿了米香，多數用來與其他青菜肉類合炒，總少不了開陽（寧波人把乾蝦米稱作開陽），炒好端上桌，像菜又像主食，吃起來有特殊的風味。姐夫一位軍中的下屬，一個人打光棍，是寧波人，過年總送酒送菸殷勤萬分的只想趕來我家吃頓有年糕的晚飯，吃時又千恩萬謝的說：「吃了老太太的炒年糕，就像是眞的反攻大陸啦！」母親還會做些寧波菜，最有名的是蔥燒鯽魚與鹹菜（寧波人稱酸菜爲鹹菜）炒毛豆，都是一般人吃的家常菜。我想她會做的菜不只如此，但我的記憶只有這些，她沒趕上台灣富裕的時代，當時物力惟艱，畢竟「巧婦難爲無米之炊」呀。

母親曾帶我到野外採野菜，野菜很少好吃的，又粗又老，久嚼不爛，跟吃草沒什麼兩樣。當時鄉下人的生活也都很窮，很少有人吃得起肉的，除了祭神拜拜會殺豬，平日打牙祭時頂多殺隻雞而已。住在鄉下的人，都會利用空地養些雞鴨等家禽，場地大些的或許還可養幾隻鵝，鴨跟鵝喜歡在水中活動，沒有水就比較難養，所以一般家庭還是養雞的比較多。奇怪的是養的雞雖多，平時卻很少看到有人吃雞肉，原來鄉下人養的雞自己捨不得吃，都拿去賣了。但我想即使賣了，也會被買的人殺來吃啊，爲什麼平常總看不到吃雞肉的呢？唯一的理由便是我所長所見的是個清貧的世界，另個經常可以食肉的富足世界，與我相去甚遠。

終於有機會讓我看到富足世界的景象了。我讀中學的時候，學校廚房有座蒸學生飯盒的鍋爐，一天那座鍋爐從上午十點鐘起就飄浮著油膩的肉類氣味，與平常的氣味很不相同，那氣味不斷傳進教室，有的人說好香啊，而我聞起來卻覺得很不好受。中午值日生把飯盒抬來，大部分學生的飯盒裡面都放著大塊的雞肉，而且這雞肉的做法也一模一樣的，都是加了大量蔥蒜甚至辣椒再灑上大把鹽巴用猛火「爆」出來的，不要說吃，光是用看的，也「夠嗆」得很。一位同學看我飯盒裡盡是素菜問我要不要吃，我搖搖頭，問他爲什麼大家現在都在吃雞肉？他說最近雞瘟流行，雞瘟了如果沒死，殺了還放得出血來，肉還是白的，吃起來跟好雞沒什麼兩樣。但雞一得雞瘟便很快死了，常常連殺都來不及，等死了再殺，放不出血來肉就是黑的，切開來還帶有臭味，要吃就必須加生薑蔥蒜還有辣椒等來壓臭，有時爲了掩飾黑肉，還得加大量的醬汁做成滷味的樣子，不過他說那樣重口味的雞偶爾吃吃並不難吃。我問雞病死了，肉不是有毒嗎？他說沒有關係的，就是有毒，生薑與辣椒也都能殺毒呀。原來我看到社會的富足面，只是雞瘟帶來的假象。

鴨與鵝得養在有水的地方，所以不如雞普遍，但如不養多，有水田或水溝也是可以養的。當時宜蘭產的鴨很有名氣，不過種類只有兩種，一種是土鴨，一種是番鴨，全身淨白又胖墩墩的北京鴨，以前不太見得到。土鴨的毛是淺褐色的，有的還雜著白花，臉孔則是慈眉善目型的，溫馴又好看，番鴨的毛是黑的，偶爾也雜有白毛，母鴨還算平和，公鴨的頭上長滿紅色的肉瘤，看到陌生人會主動攻擊，凶惡得很。番鴨性格倔強，生命力又十分旺盛，殺時要十分小心，一大意就可能被牠抓傷或咬傷，有次我的同學告訴我，說他們家殺番鴨，已經放了大半碗公的血了，一不小心，那隻番鴨還掙脫人手，往前又飛又跳的約莫跑了半里路才斷氣，可能是因爲這不馴服的性格而被稱作番鴨吧。

日據時代宜蘭出產的風乾鴨肉就很有名，因爲得過日本食品展的獎賞，所以取名「鴨賞」，但其實並不好吃，乾巴巴的不說，又鹹又老，再好的牙齒似乎也咬它不動。鴨賞是用土鴨燻制風乾而成的，不是用番鴨，番鴨的價格比較高，據說是特殊的補品。台灣冬令進補吃的薑母鴨講究的話就得用番鴨做成，薑母是指老薑，做薑母鴨不放鹽，裡面加了特殊中藥，用整瓶的米酒燉煮而成，鴨肉極老，很有嚼勁，牙口不好的人也是對它興趣缺缺的。

我們住的小鎭並不濱海，但南面不遠有一個漁港叫做南方澳，海產豐富又便宜，所以居民習慣吃魚。市面有一種廉價的海魚，正式的名字叫鰹，懂漁撈的都用日語叫牠，怎麼叫的我已忘了。鰹是一種中型的魚類，腹部是銀色的，背部則有青花，身體是紡錘狀的流線型，像飛機丟的炸彈，很多人就乾脆叫牠炸彈魚。這種魚肉質粗糙，內臟往往還有毒性，如不新鮮或處理不當，吃了是會中毒的，不過牠的毒性不強，中毒也不會死人，頂多全身出疹子發癢而已。因爲便宜，很多人吃牠。

有一陣子，學生飯盒裡常見這個菜色。但飯盒有炸彈魚最好不要蒸，這種魚蒸熱了會發出一種奇特的臭味，冷著吃就不會，所以當蒸飯箱子輕了、負責扛箱到廚房的值日生笑逐顏開的時候，就代表是炸彈魚盛產的季節到了。我們家很少吃這種魚，有次母親買來吃，結果姐姐晚上嘔吐，不見得是吃魚的緣故，但也許不諳烹調方法，每個人都覺得不好吃，我們家以後就不怎麼吃了，我則因爲怕那種腥味，就是有它在桌也始終沒有動過筷子。

從少年時代起，我已不完全排斥食肉食魚了，但眞喜歡吃的還是飽含纖維質的蔬菜，及豆類與豆類製品，蔬菜有各種維生素，豆類則有豐富的澱粉及植物性蛋白質，營養所需其實都能供應無缺，靠素食維生是沒有問題的。在素食中，我還是有些挑剔，我喜歡綠色的蔬菜，綠是翠綠或是嫩綠，我對不是綠色或綠得「不正」的蔬菜不感興趣，有時候還會嫌惡，譬如有一種綠中帶紅的莧菜，炒了後菜汁是紅色的，很多人喜歡拿來攪飯吃，我就很不喜歡。有些菜綠得過深，菜汁濃濁不堪的我也同樣不喜歡。豆類也喜歡綠色或白色的，要看起來十分素雅乾淨的才好。豆類製品以「原味」爲佳，那種表面漆黑加了很多醬汁與調味料的豆腐乾，還有泡足了油湯弄得滑膩不堪的麵筋，我就盡量不去吃它。有時到廟裡或素菜餐廳吃飯，他們喜歡在豆腐製品或麵製品裡加上大量的味精與複雜的調味料，又喜歡把那種東西做成雞鴨肉類的模樣，反而令我大倒味口。

我對澱粉質的食物特別感到興趣，穀類如稻米小麥，本身就有雋永的香味，任何一種菜久吃即膩，唯獨米麵百吃不厭，稱它爲「主食」是有道理的。植物澱粉蒸熟或烤熟了，會發出誘人的氣味，蒸粽子、米糕時米香遠揚，常令人流連，北方人做餅，把麵皮用手壓薄了，放在火上烤，發出焦糊的氣味，更引人垂涎。小時在宜蘭鄉下，母親到聯勤被服廠領了成包的軍裝回家，釘扣子、縫帽花賺些手工錢貼補家用，我得幫忙運貨，母親給我的獎賞是買個剛出爐的燒餅給我吃。被服廠裡有個南京人開的燒餅鋪，他們的掛爐燒餅做得眞好，每個餅都是手工製成，揉好的麵卷加上油鹽蔥花，擀平了後再灑上一層白芝麻，有的切成瓦片狀有的切成菱形，上爐的時候，製餅師父在餅的背部沾一點清水，用手一個個把燒餅貼在炭爐的土製爐壁上，炭火旺時大約十分鐘不到就可出爐，出爐時燒餅極燙，必須用長柄火鉗鉗出，鉗出的燒餅放在墊著一層白粗布的竹籃裡，人人搶著要，不到五分鐘就銷售一空，吃那熱又香的燒餅時，興奮的心情會令人把所有的勞苦都忘記了。

大地育養人類，供應糧食數千萬種，個人所享，只不過其中一小部分罷了，所謂「弱水三千，獨飲一瓢」，或可近之。我記憶中的美食，只不過是燒餅年糕之類的便宜貨，沒有任何一樣是值錢的，李白詩中所說的「金樽清酒斗十千，玉盤珍饈值萬錢」那種盛大的宴席場面，我從來未曾經歷過，這跟我出身寒微有關。但大富人家，面對金樽玉盤也有胃口缺缺的時候，否則李白就不會說「停杯投筯不能食，拔劍四顧心茫然」了，證明食物的價值不是由價格來決定，能得胃腸所容的才算是好食物。但我一直勉勵自己，我雖不嗜肉，對「過屠門而大啖」的人物，也不要心存卑夷，《左傳》說：「肉食者鄙」，明顯帶有偏見，《菜根譚》上說：「醲肥辛甘非眞味，眞味只是淡。」又說：「藜口莧腸者，多冰清玉潔；袞衣玉食者，甘婢膝奴顏。蓋志以淡泊明，而節從肥甘喪矣。」這些話拿來勵志固然好，拿來批評肉食者卻不盡公平。在我的友朋中，嗜甘肥者也有品高志潔的，肉食素食，只是各從人之所好罷了。

花樣的年華

有一首老歌不知歌名是什麼，我小時候常聽姐姐唱，好像是早期電影《花木蘭》裡面的插曲，由一個名叫陳雲裳的女星唱的，開始一段歌詞是這樣的：「月亮在哪裡？月亮在哪鄉？它照著我的臉，也照著我的床，照著我白髮的爹娘……。」這首歌詞意淺顯，節拍悠緩，同樣的調子不斷重複，很像民間歌謠。我記得姐姐在剛生她大兒子的時候，常常在搖籃邊唱著這首歌，那時姐姐還年輕，才二十多歲的樣子，唱這歌的時候，臉上浮著初為人母獨有的淺笑。但後來我總覺得這首歌有些不對勁兒的地方，我總覺得歌詞不是那麼的「準確」。既然問月亮在哪裡，就表示現在沒有月亮，沒有月亮，怎麼說月亮照著我的臉與我的床呢？姐姐好像告訴過我，說這歌是花木蘭在軍中思念家鄉的父母唱的。這又有問題啦，月亮同時照著「我的」臉與床，也照著白髮的「爹娘」，證明木蘭應該與爹娘是在一起的，如果不在一起，說月亮照著自己也照著父母就是想像。白香山詩中有句：「共看明月應垂淚，一夜鄉心五處同」，在句前加上「共看」就對了，詩中常有這樣的描寫，蘇東坡的「千里共嬋娟」，也是同樣的意思。不過以上的思考，是在我教書之後，國文老師做久了，就整天注意文句通與不通的問題，眞令人絕望啊！

我小時候還聽過不少周璇唱的歌，當然也都是從姐姐那兒聽來。周璇曾經是個有名的電影明星，主演過很多片子，都是哭哭啼啼的悲劇，好像很少是喜劇的，所以用戲劇術語說，她應該是個「苦旦」。中國人在周璇的年代，憂患一生的人特別多，大概須要藉著看別人受難來紓解自己的痛苦吧，所以初期的電影悲劇獨多。周璇又是有名的流行歌曲的演唱者，當時還沒「歌星」這類的名稱，她有個綽號叫做「金嗓子」，可見她嗓音之好及受歡迎的程度了。然而當時的錄音用今天的標準言，眞是太原始了，單聲道不說，還錄得不穩，也就是所錄的聲音忽大忽小，音的線條時粗時細的，再好的嗓音也被扭曲而糟蹋殆盡。但沒有更好的錄音比較，大家還是得服服貼貼的聽下去。

周璇有個有名的電影，片名叫作《漁家女》，是部黑白片，我記得小時還看過，但到底是在哪兒看的，卻不記得了。《漁家女》是個描寫都會知識青年與漁鄉女孩的戀愛故事，整個情節，有點像法國詩人拉馬丁（Alphonse de Lamartine, 1790-1869）的小說《葛萊齊拉》（*Gragiella*）。那種高下（包括社會地位與知識程度）懸殊的愛情在早期總是個悲劇，受傷的自然是弱勢的女方，故事的結尾，女主角好像瘋了。《漁家女》的插曲自然由也是「歌唱家」的周璇唱，我很難忘記電影中的女孩瘋了，然而她卻說是世界瘋了，女孩發狂的在原野一邊跑著，一邊用吶喊的聲音唱：「我不要這瘋狂世界，我不要這瘋狂世界！」歌聲悽厲得令人不只是傷痛，而有內心滴血的感覺。從現實世界的角度看，是漁家女瘋了，而從漁家女的角度看，現實世界辜負了純潔的她，瘋的當然是世界。這個情節，也許激發社會學家對「不公平」的社會試圖糾正改革的想法，對我而言，卻是一陣深深的憂愀從心中興起，少年的我與眾人一樣，對這複雜又充滿不公正的現實世界，也如漁家女般的無能爲力。倒是後來讀了拉馬丁在《葛萊齊拉》書後的題詩，能稍稍「撫平」我的憂傷。那首長詩中有幾句，陸蠡把它譯成：

但我緣何念念於既往的情景？
任風在號，任海在吟，

去吧，去吧，悲之念，
我寧幻想，不願涕泣泫零。

這詩不但欠缺剛健之氣，而且有點逃避現實，但詩人因自己無能爲力的過錯而悲哀，則是事實。人在陷入憂傷的時候，恐怕只有靠體會世上有更大的憂傷才能發生止痛的作用，痛並沒消失，只是轉移，讓自己的痛在更大的痛前面顯得微不足道而已。

周璇的歌，還有幾首具有「藝術」風格。不是所有流行音樂都只是流行而已，拉赫曼尼諾夫（Sergei Rachmaninov, 1873-1943）曾在好萊塢作配樂的作曲家，蕭斯塔高維契（Dmitri Shostakovich, 1906-1975）在前蘇聯築起「鐵幕」之後，爲蘇聯「革命電影」作配樂插曲，數量之多，令人咋舌，但並不妨害他們是二十世紀有分量的作曲家。這點在中國也不例外，黃自的〈天倫歌〉，從來就算是「藝術歌曲」，每本高中音樂課本裡面都有它，但當年也是爲電影所作的插曲。周璇的歌〈黃葉舞秋風〉、〈花樣的年華〉都有相當的藝術風格。我記得姐姐特別喜歡唱〈花樣的年華〉這首歌，後來我知道這首歌是由寫過《中國小說史》的學者范煙橋作詞，由當時有

廣 告 回 信	
台灣北區郵政	
管理局登記證	
北台字第15949號	

235-62
台北縣中和市中正路800號13樓之3

印刻出版有限公司　收

讀者服務部

姓名：＿＿＿＿＿＿＿＿　性別：□男　□女

郵遞區號：＿＿＿＿＿＿

地址：＿＿＿＿＿＿＿＿＿＿＿＿＿＿＿＿

電話：（日）＿＿＿＿＿＿＿＿（夜）＿＿＿＿＿＿＿＿

傳真：＿＿＿＿＿＿＿＿

e-mail：＿＿＿＿＿＿＿＿＿＿＿＿＿＿＿＿

INK

INK PUBLISHING

讀者服務卡

您買的書是：____________________

生日：______年______月______日

學歷：□國中 □高中 □大專 □研究所（含以上）

職業：□軍 □公 □教育 □商 □農

□服務業 □自由業 □學生 □家管

□製造業 □銷售員 □資訊業 □大衆傳播

□醫藥業 □交通業 □貿易業 □其他____________

購買的日期：______年______月______日

購書地點：□書店 □書展 □書報攤 □郵購 □直銷 □贈閱 □其他

您從那裡得知本書：□書店 □報紙 □雜誌 □網路 □親友介紹

□DM傳單 □廣播 □電視 □其他

您對本書的評價：(請填代號 1.非常滿意 2.滿意 3.普通 4.不滿意 5.非常不滿意)

內容______ 封面設計______ 版面設計______

讀完本書後您覺得：

1.□非常喜歡 2.□喜歡 3.□普通 4.□不喜歡 5.□非常不喜歡

您對於本書建議：

感謝您的惠顧，為了提供更好的服務，請填妥各欄資料，將讀者服務卡直接寄回或傳真本社，我們將隨時提供最新的出版、活動等相關訊息。

讀者服務專線：(02) 2228-1626 讀者傳真專線：(02) 2228-1598

名的作曲家陳歌辛作曲，是一九四六年出品的電影《長相思》中的插曲，背景爲描寫抗戰沿海淪陷，「孤島」上海發生的故事。歌的起首是：「花樣的年華，月樣的精神，冰雪樣的聰明」，用這幾句話歌頌人生像花一樣的青春，寫得很好，尤其後句，眞有《莊子》「澡雪精神」的氣勢。姐姐老是喜歡唱這幾句，她唱的時候，好像生命的美景正要一幕幕的在她眼前展開的樣子，儘管她遭逢的，正是中國歷史上最爲「天崩地解」的時代。然而這首歌的運氣很不好，四九年之後大陸當然不允許唱這屬於舊社會的「靡靡之音」，而在台灣也遭到禁唱的命運，原因是歌詞中的一段：

驀地裡，這孤島，籠罩著慘霧愁雲，慘霧愁雲。
啊，可愛的祖國，
幾時我能夠投進你的懷抱，
能見那霧消雲散，
重見你放出光明！

又是「孤島」又是「祖國」的，難怪沒法躲過禁唱的命運，這是當時作詞的人與唱歌的人所無法預料的。但屋外也許一片肅殺之氣，屋內仍然可以春風不斷，姐姐還是愛唱這首歌，有時孩子在哭，她逗他們，用輕快又譏諷的語氣唱著「驀地裡，這孤島，籠罩著慘霧愁雲，慘霧愁雲」，總要把「慘霧愁雲」中的孩子惹得破涕爲笑不可。

姐姐從少年到青年的階段，那應是人生最精華的時刻，不幸都是在動亂中度過。她最高的「學歷」是高師（高等師範科，相當於高中），但沒讀完就遇上時代的大變革，她只得放棄學業，草草與姐夫結婚，慌亂中帶著寡母與我們一大群弟妹來台灣，當時姐夫還是個低階軍官。我們一家隨著姐姐依附的軍眷體系，住在簡陋的「眷區」裡，但我們比一般有戶口的軍眷更爲卑微，原因我們一家除了姐姐外都屬於「旁系親屬」，是沒有任何配給的，我們寄居在軍眷家庭，等於是個「黑戶」，一切生機須要自謀，包括居住空間與食物。但當人置身在最困窘最低暗的角落，才知道人生存的力量是極爲堅韌的，天地雖然蹇迫，但仔細找，也有容人之處，我們終於一個也不少的生存下來。其中也有個理由，是姐姐一向開朗樂觀，我記得我小時候，姐姐成天都是笑嘻嘻的，光彩總是寫在臉上，她後來找到一個在聯勤被服廠教唱軍歌的工作，成天在家練軍歌，「休息」的時候，也唱些明星如周璇、白光、李香蘭等唱的歌，所以我小時寄居的姐姐家，也許家徒四壁，身無長物，但歌聲卻是從未中斷的。

姐姐教唱的軍歌，用今天的標準而言，是再八股也不過的，都是要人「統一意志」來効忠國家與領袖，情緒是喚起國恨家仇，隨時準備犧牲，以完成領袖的復國意識。早期有一首名叫〈保衛大台灣〉的歌，味道與一般軍歌不一樣，這首歌描述政府帶著軍隊與眾人退到這座海島，已到了退無可退的地步，只有誓死保衛台灣，以圖進取。歌詞有段：「保衛大台灣，保衛大台灣，保衛民族復興的聖地，保衛民主至上的樂園。」最後兩句，尤爲悲壯，是這樣的：「我們已經無處後退，只有勇敢向前！我們已經無處後退，只有勇敢向前！」這首歌現在回想起來，還是有相當的韻味氣勢的，歌詞比較深沉，對自己的處境遭遇有所檢討反省，不是一味的鼓動仇恨敵人的情緒而已。然而這首歌大約只唱了一年多，就不准唱了，我們在宜蘭鄉下，反應比較遲緩，直到我四五年級的時候，小學還有在教唱的，但首句「保衛大台灣」小孩都用閩南語的諧音唱道：「包仔兩角半」或是「豆花兩角半」，其間還打打鬧鬧，調笑不已。後來終於知道這首歌禁唱的原因，是隔海的「人民電台」也在播送這首歌，只是歌詞改成「包圍打台灣」了，誰教中文裡面同音字太多了呢。

姐姐到被服廠教唱軍歌的時候，已經不准唱這首歌了。姐姐教工人唱歌之前，往往先教我們唱，她告訴我們軍歌都是四分之四的節拍，唱時第一拍要用力，第四拍如果是一句的結束，要收音短截，千萬不能拖長，這是唱軍歌的要領。那時整個社會都在搞個人崇拜，而崇拜的對象又集中在蔣總統身上，很多大氣魄的軍歌，其實都是在歌頌他的英明偉大，蔣氏的生日都搞得普天同慶的樣子。有一首名叫〈領袖萬歲〉的歌，不論旋律與節奏，都是軍歌的上選，歌詞比其他軍歌顯得長許多，好像是「祝壽」的歌曲，其中開始的部分是：

領袖，領袖，偉大的領袖，
您是大革命的導師，
您是大時代的舵手。
讓我們服從您的領導，
讓我們團結在您的四周。

後面還緊接著：「爲了生存爲了自由，大家一起來戰鬥，中華民族發出了反抗的怒吼，鐵幕裡的同胞再也不能忍受。……」眞是又盛大又漫長。不幸這首歌「頒布」得晚，廠方又要求在誕辰日前教到所有工人會唱，好在典禮上使用，這等於是個不可能的任務。但姐姐做到了，辛苦了她，也辛苦了我們在家陪她練唱，當然全廠上下把這首困難的歌曲在期限內學會，可見意志的力量。現在想來，耗那麼大的力量去表現對一個人的崇拜，到底有什麼意義呢？那些行徑與宗教上崇拜神明有何不同呢？只不過當時的所有人都認爲是合理的。

姐姐後來被聘爲工廠的正式雇員，擔任文書雜務，教唱軍歌就不由她了。她後來連續生了五個孩子，她在「拉拔」孩子的時候，台灣社會逐漸「質變」，以前生活中的悠緩與緊張，在新的時代都變得毫無意義了。她的孩子都逐年成長，過了幾十年，她也從青春步入衰頹的老年，幾乎忘了她曾有過燦如黃金的歌唱歲月呢。偶爾我們會提醒她一首她曾唱過的歌，她也跟著唱，但一首歌常弄得支離破碎，像一片一片拼湊不全的拼圖模樣，她記憶原來不很好，而越老又越退化。

姐姐已於去年五月過世，她過世的時候我正在北京，特地爲她趕回來。我記得過年前去看她，她呆坐在屋子一隅，看到我只會淺淺一笑，她已經失智多時了。她的幾個子女都孝順，最小的兒子爲了喚回她的記憶，特別買了一套周璇的唱片，不時在一個小音響中播放。我去的時候，正好放著那首〈花樣的年華〉，我們帶著她唱：「花樣的年華，月樣的精神，冰雪樣的聰明」，這首她年輕時最熟悉的歌，她的幾個孩子是在這首歌曲中長大的。然而不論我們多大聲的唱，她都沒有反應，當時的她端坐在籐椅上，眼看著前方，好像世上發生的一切她都懂，但都與她無關，掛在她臉上的是像菩薩一樣的永恆的笑容。

母親

母親好像在上海度過她平生最好的一段歲月。說起來也可憐，她在很小的年紀就跟人從寧波到上海，在一家菸廠做捲菸的女工，當時的香菸還是由手工捲製的。兩次婚姻讓她生了十個子女，其中五個死了，只保住五個，子女死了就死了，沒什麼好說的，那是一個離亂處處人命不值錢的年代。

我與三姐與妹妹是她第二次婚姻所生，我的上頭還有個同父同母的哥哥，來不及成長，是在小時候病死的。我父親與我母親結婚時年紀已不小了，我妹妹剛出生半年，父親就過世了，當時我還不滿四歲呢。我剛出生的時候，聽說父親第一次婚姻所生的兒子已在重慶結婚，我一生跟這位大哥從未見過面，雖然我與他共用我們姓名的前面兩個字，倒是少年時在姐姐家看過一張他與嫂嫂的結婚照片，黑白的，嫂嫂戴著圓框眼鏡，而哥哥的容貌長得與我確有幾分神似，當然這都是別人看到照片後說的。

我小時很少聽我母親描述父親，可能她對父親也不是那麼的了解，父親好像是知識分子，曾在上海的商務印書館工作過，其他的她也說不清楚，傳統的夫妻，雖然能生兒育女，但關係並不密切。我唯一一次聽母親描述父親是在我很小的時候，母親說父親信的不是菩薩，而是「野獸」，我問野獸有什麼好信的，母親也答不上來，只說父親信的野獸是好的不是壞的，也跟觀音菩薩一樣的會尋聲救苦。等我長得很大了，連母親也死了很久之後我才憬悟，母親寧波話裡的「野獸」其實是耶穌，原來父親信的是耶穌教。一般人是把這些拜十字架的教都叫做耶穌教的，其實裡面還有天主教與基督教之分，父親信的是舊教或是新教，母親當然更不清楚了。母親死的時候，正是我初二升初三的那年暑假，姐姐翻開她的「遺物」，只有一把小剪刀，兩個她用慣的頂針，幾張鞋樣，兩三片「袁大頭」，還有一幅她青年時代遊普陀山在山寺中買的畫有觀音法像的白布，那塊布，姐姐領著我們當晚就「化」了給她，好讓觀音菩薩陪伴她一路到極樂世界。

說起母親的宗教，她表面信的是佛教，但在她的生活中，眞正宗教的成分並不重，她跟那時代一般的中國人一樣，從小時候起心裡面就給安了個菩薩，這個菩薩隨時引領自己去爲善去惡。她之爲善去惡，說是來自對菩薩的尊敬不如說是來自對地獄及惡鬼的恐懼，菩薩是至善的，距離我們太遠，要管的大事太多了，就不太能管到我們的小事，但城隍廟的小鬼就在身邊，跟學校的糾察隊員一樣，難纏得很，做了壞事以後被拖去上刀山、下油鍋，確實可怕。民間有關天堂的描述很少，但對地獄的描寫則巨細靡遺。母親不准我們子女說謊騙人，也不准我們跟大人頂嘴，說那會進拔舌地獄的，正好我們家裡有本畫著各層地獄猙獰景象的書，也不知道是哪裡弄來的，一天我翻開畫了拔舌地獄的那頁對她說，地獄裡受拔舌之苦的都是女人，好像還輪不到我們「男人」呢，母親聽了很不高興，她山不轉路轉的解釋說，像我這樣造「口業」，下輩子投胎準會被罰做女人，到時就會讓惡鬼來拔舌了。

母親很少說話，她寧波腔的上海話也不好懂。她有時候會說起她當年在上海的時光，好像心中充滿了喜悅，而其實她只是一個小小的捲菸卷工人罷了，小人物也有快樂的時候。她說在香菸廠的好處是抽菸不要用錢買，伸手拿就是，要抽多少就抽多少，她的光輝歲月也爲她帶來磨滅不了的痕跡，她右手的食指與中指都被菸薰成蠟黃的顏色了，到晚年都沒褪去。來台後由於窮，再加上菸癮大，只抽得起劣質的香蕉牌香菸，香蕉菸是光復初期最便宜的香菸，捲在裡面的，菸梗子比菸葉要多。那時候還有一種名叫樂園牌的香菸，比香蕉菸貴，但據說也嗆人得很，後來新出了一種名叫新樂園的牌子，好像菸質改善了不少，因爲叫做新樂團，原來的樂園牌就被叫成老樂園了。老樂園與新樂園她都抽過，我曾問她比上海的菸滋味如何，她連搖頭不說一句話，意思是不能比的。她生命的最後幾年腹水腫得厲害，而且發現患了肝癌，被迫禁絕了吸菸的習慣。

除了偶爾說起菸廠的那一段，母親很少跟我們談起過去，包括親戚、朋友與過去生活的梗概，更不用說是細節了。我後來讀書，知道她在上海的時代，是在抗戰之前，那正是上海最繁華最爲紙醉金迷的年代。上海是中國文明的櫥窗，也是個「影都」，許多大明星如阮玲玉、胡蝶等，一顰一笑都引領整個中國的時潮風尚，其他歡場處處，更是不勝枚舉。讀文學作品，更知道上海是「鴛鴦蝴蝶」派的根據地，連張愛玲早期最好的作品描寫的也是上海。但這些氣氛與素材與母親一無關連，我後來試著問她一兩件「耳聞」來的消息，我那時還小，問的當然多是莫名其妙的事，但都與戰前的上海有關，她一點都不知道之外，還怪我爲何問這類的問題。更奇怪的是她也從不跟我們談有關親人的事，不論是在寧波老家的或後來散居他處的人，我總有外公外婆吧，但好像從來沒聽她描述過，她是少年時就到了上海的，她獨居異鄉想不想念故鄉的父母呢？一定會想的，但她從來不說，我有沒有阿姨與舅舅呢？也沒聽她提起過。我身分證上母親欄塡的母親姓名是「胡仁青」，其實不是她眞正的姓名，她死了很久之後二姐告訴我，說胡是母親第一任丈夫的姓，大姐二姐是我同母異父的姐姐，她們本姓胡，後來母親與我父親結婚，她們也改姓周了。我問母親既不姓胡那姓什麼呢？姐姐說是姓「沃」，那是個罕見的姓，至於沃姓後面的名字，姐姐也答不上來，我想那還是個女人沒有名字的時代吧。

母親連她自己的姓名也不關心，她究竟在乎什麼，我眞也想不出來。一次母親問我，說甲字出頭是不是要唸作申？我說是，我奇怪她怎麼會問這樣的問題，她說晚上作夢，一個和尚告訴她的。停了一會兒，她悠悠的說：「要是能識字多好！」這是我平生唯一聽到的她的獨白，我那時沒細問，也許其中尙有蹊蹺。又一次，她跟我說，希望我好好讀書，長大後也許可以到銀行上班，她說以前她在上海，看到銀行上班的男人身上穿著白西裝，上午別的行號早已開工了，他們還沒開門，下午人家還在上班呢，他們就關起門來在裡面歇著了，舒服又賺錢多，眞是好職業。又說我們家窮，我如果考師範也好，師範學校讀書不要錢，將來做得好也許能當個校長，下面管許多老師也是好的。

我後來檢視我的一生，發現眞愧對了我的母親，第一是我沒能穿著白西裝到銀行上班，從事她認爲舒服又賺錢的行業，其次我雖做了一輩子的老師，最後是以教授的身分退休，但不要說沒做過校長，連院長、主任都一個也沒當上，無以副老母殷殷之望，眞是不孝之至。但母親對某些世事的看法與事實是有段遙遠的距離的，譬如銀行下午關門並不是讓行員「歇著」，裡面還有許多煩瑣的清賬結算業務要忙，萬一短少了錢，還得由自己來貼，每個人都戰戰兢兢緊張得很。還有教師眞教得好，不見得會做校長，做校長跟做官一樣，是要耍許多心機與手段的，而且即使做了校長之後，老師也不見得甘心被你「管」，就算所有老師都受你管了，做校長的也沒有什麼神氣可言。

但令我記憶最深的是那次她自言自語的說「要是能識字多好」，那是在說出她認得的一個字之後突發的感慨。她平生只認得申這個字，而且是夢中的和尙告訴她的。其實照她的話，她認得的並不只一個字，因爲她說申是甲字出頭，她至少該也認得甲字才對。還有她也認得數字，否則無法打麻將，因爲麻將牌上是有數字的。她會打麻將，而且據說是頗精於此道，也會算賬，她不用一般的加減乘除，但一切心裡有數，她沒有賬冊，晚年跟人來「會」，她欠人的、人「該」她的，都記得很清楚，還曉得「以會養會」，從來不曾犯錯，這一點，我就不如母親許多了。

我也曾從知識的層面來比較母親與我的生活，我後來從事的，是有關於知識的行業。韓文公說：「師者，所以傳道、授業、解惑也」，授業專指知識傳授，而所傳的道與所解的惑，也大抵與知識有關。現代的教師除了教書之外，還要作研究，那是學術的領域，就不只是與知識有關，而直接等於是知識了。我一生都在知識的範疇裡打轉，有時候知識讓我自信滿滿，以爲自己因爲擁有知識而能力無限，但有時候知識又使我沮喪，因爲像大海一樣，知識越探索就越是深不可測，才知道以蠡測海的困局。我知道我的知識其實有限，母親的知識當然更有限，但相比起來，其實差別不大，我們只不過在有限世界的有限時間中活著罷了。

我所能記得有關母親的事，大致就只這些了。母親確實是個平凡又不起眼的女人，她似乎只活在當下，除了上海菸廠的那一段，她好像沒有任何過去，她的左右也沒有什麼人，當然我用這樣的文辭來判斷母親也不盡公平，我與她相處的時間不長，正在我的生命從少年向青年展開的時候她就死了，我其實沒有足夠的知識來做任何鑑別的工作，生命的意義不見得是自己創造的，大部分生物或人的意義應該併入整個世界、整個時代來計算。

母親死的時候，用中國人的算法也只五十四歲而已，但她在還不到五十歲的時候，周圍眷村的人已喊她老太太了，可見衰老得厲害。她的歷史也許很複雜，但因爲沒刻意留下證據，就顯得像直線一樣的簡單。她一生結了兩次婚，可能都不是自主的，第一次也許是父母訂下來的，生了幾個孩子丈夫死了，一個人帶著幾個孩子在上海不好生活，就在別人的勸說與安排下與另一個中年失偶的男人又結婚了。婚前婚後都沒有激烈的感情，那不是亙古以來的一般婚姻嗎？人不可能沒有感情的，但不斷壓擠，或閒置不用，再澎湃的感情也會變成一條廢棄的神經，最後失去了作用，也跟沒有沒什麼兩樣了。與母親再婚的中年失偶的男人就是我的父親，他在我記憶中更是空白一片，假如死去的人也有記憶的話，他對我與妹妹也不會有什麼印象的，他的一生面對中國最大的變局，如果他在意，周圍的事就讓他目不暇給，他怎會記得在他晚年生下的幾個孩子呢？假如他不在意，整天渾噩度日，那就更不用說了。

母親死後火葬，骨灰埋在宜蘭鄉下的墳場裡，那個墳場雖是公立，但管理不善，各家照自己的風水做墳，弄得整體像亂葬崗一樣。八年前的有一天，三姐說她晚上作夢，夢見母親說她住的房子淹水，我們去查看，發現周圍不斷新建的墳墓已把母親的埋骨之所弄成窪地了。我建議把骨灰帶到台北，這可以讓我們祭掃方便，但三姐說母親似乎告訴她不願遷徙太遠，我們就下決心再在附近找塊地做一新墳。我們把舊墳裡的木盒「請」出，還好木盒並不潮濕，裡面包裹骨灰的紅布也完整。我們打開紅布，把骨灰輕輕倒入新置的陶甕中，最後一把，做墳請來的風水師要我這當兒子的用雙手捧入。當時母親已死了四十餘年，她灰白的骨粉在陽光下閃著沙子般的光輝，我記得四十多年前，母親的骨灰裝入盒中最後一捧也是由我捧的，那時我只不過是個十三、四歲的孩子。母親輕輕的骨灰從我指隙慢慢流進新甕中，我回憶這四十多年的光陰，就像在不到一分鐘的時間裡完全的流走了，這也幾乎是我的一生呢。

火車夢

我有一位朋友，她說她的男孩在很小的時候就夢想有一天能駕駛垃圾車，她完全想不通孩子爲什麼有這樣的志向。她還說，孩子在上幼稚園的時候已經「堅信」垃圾場是所有人的「歸宿」，我問有這麼灰暗嗎?她說不是那麼哲學的啦，她孩子相信人的一生總要在垃圾場做一段工作，如果不是起初，就是結束，譬如他母親現在在學校教書，以後不教了，就會到垃圾場工作了。爲什麼有這種思想，作母親的是百般也想不透的。

孩子的事，有時完全在大人想像能力之外。我記得我大女兒小時候，一直夢想自己能成爲車掌小姐。當時的公共汽車上還有車掌這個行業，負責剪票及開關車門的工作，除此之外，每當公車右轉，車掌總把頭探出車外，用哨音指揮司機慢轉，公車左轉就不用她管。車掌是個辛苦而單調的工作，想不到卻是我女兒憧憬的目標，每次帶她乘公車，她都要求坐在車掌附近的座位，小眼盯著車掌看，車掌的一舉一動，都讓她醉心不已。一次她生日，她問我能不能幫她買把車掌專用的剪車票剪子當禮物，害得我與她母親都啼笑皆非。

這些出乎意料的想法，不全是無理可循，裡面其實是藏著一些線索的，仔細尋找，不見得找不出答案。我女兒小時的車掌夢，可能源自我們早期生活的單調與一成不變，她也許早就習慣於那種速度是平緩而形式是一再重複的生活，作車掌可以看見世上形形色色的人物，還有車窗外不斷轉移的風景，每次出去，就像在大千世界打了個滾，最後公車又會帶她回到總站，好像回家一樣，女性總是無法拋棄回家的意圖，自幼到老，都是如此。男性則都是面朝向外的，不論男孩與大人，都曾作過類似叛逆的夢，夢中喜歡把自己弄得骯髒邋遢，讓女性嫌惡、家居不容，其實是在做逃離家庭的準備，這是馬克吐溫（Mark Twain, 1835-1910）在他的名著《頑童流浪記》（*Adventures of Huckleberry Finn*）中說的。我朋友的兒子自小喜歡開垃圾車，可能源自他日後想離開家庭闖蕩世界的野性吧。但是朋友聽我分析後還是不明就裡，問我她爲什麼最後也得到垃圾場去工作，我只好說，這一點我也想不出來了。

我想起在我少年的時代，也曾作過類似我朋友兒子的夢的，不過我不是幻想開垃圾車，那時宜蘭鄉下，垃圾車不是獸力的就是人力的，通常是用來清運陰溝或河川裡的淤泥，又髒又臭，就是最反叛的少年，也不會想去拉它。生活中當然會生產垃圾，但數量不大，一般垃圾都是有機物，擱久了就「化」了，殺了雞鴨拔下的羽毛，有人專門來收購，廚餘叫做「粍水」，直接拿來餵豬，瓶子與空罐，更是寶物，都可以拿來賣錢，所以街頭雖設有垃圾箱，但空的時候居多。我們小時沒見過現代的垃圾車，但有一種車比現代垃圾車更大、更威風，發動起來，風掣電馳地動山搖的，那便是火車，很少男孩會不受它的吸引。

我小時曾醉心火車，曾幻想自己有一天成爲火車的駕駛。一列長長的火車，令人奪目的其實只在火車頭上，鐵路部門的術語叫它「機關車」，後面掛的各式車廂，只能算是「配件」。令我醉心的不是現代化的柴油或電動的「機關車」，而是黝黑肌腱賁然的蒸汽火車頭。蒸汽火車的燃料是煤，車頭的極大部分其實是鍋爐，鍋爐包括兩個部分，「爐」中燃燒大量的黑煤，把「鍋」中的水燒成蒸汽，蒸汽就是火車的動力。但煤燃燒起來有燃燒完全的與不全的，燃燒完全的已轉化成火車的動力，燃燒不全的，就變成熊熊的濃煙，經煙囪排出車外，形成盛大的氣勢。火車之所以迷人，絕對與它能毫不顧忌的排出大量的濃煙有關，等到後來的柴油、電氣機關車出現，雖然馬力多出原來蒸汽車頭好幾倍，但因不會排煙，在「風姿」上，就不如前者許多了。

蒸汽車頭除了排放黑煙外，也會排放白煙，所謂白煙其實就是水蒸氣。鍋爐的水燒沸騰後就成了蒸汽，用來驅動火車頭兩邊的大型活塞，形成幾萬匹馬力，能把幾十個車廂拉在後面翻山越嶺而行。鍋爐裡的蒸汽有時太多了，司機打開活塞邊的排氣口讓它排出，就成了白煙。蒸汽火車的汽笛，也是由蒸汽「驅動」的，火車鳴叫時，也會在頂端的汽笛口噴出大量的白氣。蒸汽火車的汽笛聲，真好聽極了，遠處的汽笛悠揚如夢境，近處的有如獸吼，一列火車從遠處排山倒海的飛馳過來，加上它一邊走一邊鳴笛，好像在向全世界宣告，所有的阻擋與障礙在它摧枯拉朽的力量前面都是無效的。面對那種強勢的噴煙與震動，所有男孩的腎上腺都會急速的分泌，而他的血也變成隨時會點燃的燃液。

在我童年與少年的時代，母親常帶我到野地採集野菜，我對火車產生莫名的嚮往，可能與之有關。說起野地，並不是那麼普遍，大部分田地被人開墾了，就不算是野地了，只有河堤與鐵路邊緣，是不准開墾的，那裡就成了我們採集菜蔬的地方。從我家走路大約二十分鐘，就可以走到鐵路邊，那裡是通往冬山、蘇澳的火車必經之地，我們在鐵路兩邊「沿線」作業。鐵路兩旁長滿野草，野菜並不好採，因爲數量不多，再加上找到的野菜，整株也只有嫩芽的部分可以食用，一個下午，兩人只大約可採一籃罷了。採的野菜以馬齒莧與蕨菜爲最多，這些野菜，如果好好料理，加上適宜的佐料，也可能有風味的，但我們當時採食，完全是因爲貧窮的緣故，我對那些「野味」，除了厭憎之外，在味覺上不復有太多的記憶了。好在鐵路不時有火車經過，火車在老遠的地方，只要是朝我們駛來，根本還看不見呢，鐵路就會微微的震動，雖然一點聲音都沒有，但絕對能感覺得到。火車近了，轟隆隆的在我前面疾駛而過，它的濃煙與汽笛，還有那鋼鐵相互擊打的喧譁、鏗鏘有力的節奏，把一旁木然的我帶到一個玄虛又豪壯的世界。當時我心飛到的地方，在我一旁的母親，是全然想像不到的。

除了摘野菜，我們還到火車站撿拾煤炭。火車燃燒煙煤，一些燃燒不完全的煤塊有時會從鍋爐旁的空隙掉落，掉落的煤塊跟熔鐵一樣的燙，是千萬不能碰的，必須等到它涼透了才能撿。涼透的煤塊外表像是長著一層鐵鏽般的結晶，十分堅硬，撿到後須用鐵鎚敲去外層，裡面剩下一點點的煤塊，那便是經過「千錘百鍊」後的焦炭，母親用浙江話叫它「鋼炭」，是最好的廚房燃料，再燃燒時就一點煙都沒了。不像採集野菜是在鐵路邊的坡地，撿拾煤炭須在鐵路上，所以比較危險，車站的地方，因爲火車停留的時間較久，「落煤」自然較多，但車站人員不許人接近鐵軌，在那兒撿拾很困難。不過鎮北有個名叫「竹林」的小火車站，是太平山林場運木材小火車的總站，鐵路的分支很多，分支鐵道旁往往有大型的貯木池，火車得停在那兒卸下木頭，火車停久了，當然有落煤可撿。竹林車站距離我家很遠，單程須走四十分鐘，但撿煤的收穫量大，相權之下還是值得。

相較台鐵的大火車，林場運木材的火車就小多了，但蒸汽車頭，與大型火車組織結構完全一樣。小火車缺少大火車的那份霸氣，因爲體積小，站在邊上不會讓人心生畏懼。駕駛小火車的人，也比較有人情味，他們多數不穿制服，只穿件破襯衣，脖子上吊著條拭汗的毛巾，有的鬍子也不刮，隨便得像鄰家的叔叔。他們把火車停在貯木池旁，總喜歡與吊木工人大聲嚷嚷，看到我們撿拾煤炭的孩子，從不呼喝驅趕，有時還指示我們該到哪條鐵道上去撿，眞親切不過。小火車車頭一樣是黝黑的，煙囪在比例上比大型的火車更高，而且有的是漏斗狀，十分特殊。停著的火車頭也在運作不休，隔一段時間，它會把鍋爐內過多的蒸汽排出來，引起車身一陣小震動，好像火車就要啓動了呢。但駕駛它的人不以爲意，繼續與工人攀談，他們總是自信滿滿的，認爲一切都在他的控制範圍之內。當時我想，能掌控這樣一組龐大有力的機器，就跟能操控整個世界是一樣的神氣。

我小學時的一位同班同學名叫伍朝林，他是個火車迷，常常興奮的與我談論關於火車的事。我們都是五年級的時候從別的學校轉來這所新辦的學校，學校很小，一個年級只有一班，我們那班只有九名學生。從我初識他，他就是一副弱不禁風的樣子，面色黑沉沉的，不時乾咳，有人說他得了癆病，是很難治好的一種痼疾。

我們的小學除了小之外，所處的地理環境，也糟得無以復加，學校其實是由一座廢棄的鋸木廠改建的，側面還有座沒歇業的鋸木廠，鋸木聲本身就十分刺耳，再加上廠方要不時用高轉速的電磨磨他們的鏈鋸，發出高頻的聲響更讓人無法忍受，我們被那日以繼夜的噪音弄得幾乎發狂，沒有發狂的就都成了聾子。學校也在鐵路旁邊，學校比鐵路路基要低很多，鐵路等於在學校上方凌空高架而過。火車來時，噪音也是鋪天蓋地的，但火車的噪音較短暫，又充滿著動感與節奏，令人期待又振奮。每天總有十幾班客貨車由蒸汽車頭拖著從我們的頭頂呼嘯而過，有時聲勢實在太大了，老師都得停止上課。有一次我們在上書法課，剛磨好墨，一列火車自遠而來，我看硯池上的墨水在微微震動，細細的波紋中閃著一種神奇的光。每次火車來，總會讓我有朝聖者般的新發現，小小的一陣風、一片迅速流逝的光影，也令人覺得有豐富的啓示意味。

伍朝林有一天說，他以後想要成爲火車司機，他身子瘦弱不堪，連背個書包都感到吃力，要把他與這強大的鋼鐵結構聯想在一起，從哪個角度說，都不很搭調。他爲什麼有這個想法我不知道，但他的這個志願也傳染到我身上，我大約在六年級的時候，也跟他一樣，幻想在一生中的某一天會駕馭那個龐然的風火輪，風馳電掣的在群山之間奔馳。伍朝林有本印有各種蒸汽車頭圖錄的書，不知從哪裡得來，他寶貝得不得了，每次帶來學校，都偷偷摸摸的，刻意藏著不給人看，有次借我看，竟然發現裡面還有張火車蒸汽鍋爐的剖面圖，令我長了不少見識。

有一次伍朝林與我路過平交道，正遇上一列火車要通過。伍朝林聽聲音就知道來的是哪一種「機關車」，也知道後面拖的是客車還是貨車，每次總八九不離十的，結果來的眞是他說的那一型車頭，關於火車，他總有說不完的意見，然而我們終止了談話，因爲我們的眼光被眼前的一幅駭人景象震懾住了。在火車到達前的一兩秒鐘，一隻雪白的鴨子不知從哪裡飛來，不巧正落在鐵軌的內側，火車疾馳而到，以陵然之勢將鴨子「鎮」在車下，陷在巨輪之間的鴨子如果不動就不會有危險。但牠太緊張了，總想脫逃，牠乘一組車輪的空檔，奮力的向外飛出，不幸是牠沒比火車快，整個身體就應聲被輪子輾過，頭在鐵軌外，後半身還在鐵軌內。這列火車很長，過了半天都還沒過完，我們注視這個慘劇，無力做任何事。被輾過的鴨頭，似乎一點痛覺都沒有的，還是原本的表情，黃顏色的喙部向後咧，像在笑的樣子，眼睛依然光亮明晰。但等火車過了，我們跨越平交道，再看這隻倒楣的鴨子，牠的眼睛就逐漸黯淡下來，終於灰敗得如同牠當時的處境。

我升上初中後就與伍朝林斷了音訊，他身體更爲不好，家人沒有讓他升學，等我上初二的時候，聽人說他已經病死了，此後再也沒有人談起他。生命有長有短，每個生命都有自己的段落。與伍朝林的死訊一同到來，我的火車夢與少年，也在那個時候結束了。

吃教記

因為貧窮與無聊，我們年少時都多少有些「宗教生活」的經驗。我不說信仰，信仰這話太嚴肅了，我們在幾個教堂遊走，目的不是尋找上帝，渴望救贖，而是一來看看能否在教堂找些生活的補給品，一來看看有沒有好玩的。

上一世紀五〇年代，二次大戰剛結束幾年，人們從大噩夢中驚醒不久，正打算把滿目瘡痍的世界好好的整頓起來，不打算整頓，也想利用機會好好喘息一下，想不到共產黨又乘機而起，鐵幕從東歐築到東亞，中國大陸因而變色，好幾百萬大陸人來到台灣。韓戰打了幾年，終於還是弄到在三十八度線上左右徘徊。世界上沒被大戰波及的只有美洲與獨處南方的澳洲，南美很窮，澳洲也落後，只有美國是戰事中的寵兒，不但本土沒遭到戰火蹂躪，而且發了筆戰爭財，戰後成了個眞正的暴發戶。我每次到紐約的大都會博物館與紐約現代美術館，就驚訝其豐富的收藏，印象派、後期印象派的好東西幾乎全在那兒，不獨此也，立體主義、表現主義、超現實主義的主要作品也很多在美國。有一年我到波士頓，正好遇上波士頓美術館在作後期印象派大師高更（Henri-Paul Gauguin, 1848-1903）的特展，展覽品數量之豐、質量之精，確是曠世所罕見，而一看細目，大多爲美國人所收藏。後來想起，二次大戰後，美國獨富全球，正碰上世界藝術市場崩潰混亂的時代，美國人乘機大量收購，擺上幾十年，任何一幅畫都有敵國之勢了，美國之富，其實是機遇所造成。

可能因爲沒有苦難，美國人比其他地區的人顯得天眞又和善些，這也是事實。二次大戰後，美國人看到歐亞很多地區的人沒得吃沒得穿，就發起一個 Food for Peace 的計畫，把美國人吃不完的糧食捐出來，拿來救助群黎。這計畫的起心很好，美國人信仰基督教，就自然把分發救濟糧食的任務交給基督教教會，基督教會得此資源，當然可以博施濟眾，但另一方面，也可用此誘因來招徠信徒，擴大教基。我們小時到教會去，大多是爲了禮拜後發放的麵粉、脫脂奶粉及偶爾才有的聽裝牛油，民間把信洋教叫成「吃教」，也許有些不敬，但對我們而言，卻是一個無誤的事實。

我居住的小鎮雖然小，但從功能與設施上而言絕對能算是個城市。這裡有縣南唯一的一個中學，也就是我的母校。還有它居於整個縣的中心點，交通輻湊，自早期就是貨物的集散地，所以相當繁榮，雖然不是縣城，卻也有過風光。五〇年代，各種洋教都不約而同的來此處發展，我後來算過，極盛時期，光是「以基督爲名」的教會就將近有十家之多，還不算同樣高舉十字架的天主教呢。

基督教裡最老的教會是長老會，據說在日據時代就有了。長老會教堂在小鎮公園的北側出口，是間很典型的禮拜堂，外牆是暗灰色的洗石子，禮拜堂邊上，建有一座像外國教堂的鐘塔，塔身並不高，大約比教堂的屋頂高一層樓的樣子，它上面根本沒鐘，所以從未聽過敲鐘的聲音。我有一次跟朋友到上面玩，發現上面堆滿教堂亂七八糟的廢物，到處是灰塵與蜘蛛網，才知道亮麗祥和的教堂，背面或人所不到的地方，與我們住的地方一樣，也是一團糟的。除了長老會，小鎮還有路德會、浸信會、信義會等的教會，這些名字不同，但象徵物與所信無不相同的教會各有來頭、各有資源，而小鎮人口大約十餘萬，民風保守，這些教會要發展勢力，必須渾身解數各出奇招不可，利誘是最好的方式。大約有三年到四年，各個教會都會在禮拜儀式之後，分發一些有助於教友生活所需的「物質」，其中包括衣服、毛毯，甚至有包嬰兒用的大方巾，食物以奶粉麵粉爲大宗，有時還有罐頭食品，包括牛肉牛油還有玉米粒，眞是林林總總，光怪陸離。有一次跟我同去的廖可元還分到一罐蝸牛罐頭，打開來黏乎乎的，噁心死了。發這些東西的時候，教堂就一改其肅穆的形象，而成了亂成一團的市集了。

對我們這些食客而言，教義不重要，教堂屬於哪會哪派也不重要，只要有「吃」的就好。當然這「信仰」的動力不是來自自己，而是來自家人，從教堂領到的例外補給，對一家的民生生活通常有所助益。我讀大學的時候有次與當時在台大哲學系的葉新雲聊天，他說他從小學到初中，父親都在外島當兵，家住大龍峒淡水河邊的眷村，一年倒有半年在淹水恐懼中度過，家裡弟妹眾多，食指浩繁，作長兄的他只有淪落到各處教會作信徒，混些騙些食物回來，他幾乎是靠吃教堂發的麵粉奶粉而長大的。

麵粉可能原來是大袋的，後來教會覺得大袋太重，又只能分給幾個人，就改成大約只裝兩公斤的紙袋裝了。奶粉原先是聽裝，後來改成兩磅的盒裝，盒子是由防潮的油紙做的，上面密密麻麻的寫滿英文，也沒人看得懂它。教會發的奶粉都是脫脂的，缺少一般全脂奶粉的香氣，也容易受潮結塊，碰到結塊的奶粉，沖泡前還要經過碾碎的手續。有些人不習慣吃牛奶，更不習慣吃脫脂奶粉，一吃就拉肚子，然而牛奶難得又是營養品，不容許我們暴殄天物，對付拉肚子這件事只有一個法子，就是不去理它，任它拉，拉久了就自然好了。但我小學同班的同學王景陽就永遠吃不慣脫脂奶粉，一吃就拉，他不管它繼續吃，結果說也奇怪，直到讀高中時還是沒把腸胃調整好，仍然在拉，更奇怪的是我們這群從小周旋各處教堂，「吃」盡萬教的人，後來沒有一個人信教的，唯獨這位一吃脫脂奶粉就拉肚子的，最後卻信了基督教，而且虔誠得不得了，逢人就說末日近了，要人快快悔改信耶穌。

教堂也精得很，早識得我們這群食客的技倆，所以作禮拜時打開大門，發東西時卻只開後門。後來又規定，必須參加星期天大禮拜之後才有東西發，這下慘了，每家教堂都是在星期天上午作大禮拜，一個人又不像宋七力有分身可用，家庭成員多的還好，可以派子弟到各教堂臥底，然後海納百川的「萬善同歸」，人丁單薄的，只得規規矩矩在一家教會做忠實的信徒了。後來教堂越來越苛刻，只把東西發給受過洗註過冊的教徒，對我們這些「遊民」式的信眾就不太客氣，當然也會發些東西的，但質與量就每下愈況了，有一次好不容易做完禮拜，發到我手上的，竟然是張用過了的聖誕卡片，背面用鋼筆寫滿了潦草的英文。

我們後來發現，教堂雖然標榜靈修，要我們必須把自己弄得像孩子般的乾淨才能進天堂與上帝同住，其實那裡面也是一個不折不扣的塵世，其中的爭鬥，尤其對敵人的不容與仇恨，比我們住的藏污納垢的世界還嚴重不知多少，而怪的是基督教的敵人多數在基督教的圈子裡。舉例而言，同在一條街頭尾的浸信會與信義會就相處得很不友善，表面都信耶穌，骨子裡都希望對方失火，把教堂燒個精光才好。後來我弄清楚了一點，他們的仇恨來自於對洗禮的認識，浸信會的受洗儀式一定要照舊約規定到河邊去舉行，一定要把整個人浸泡在水中，而且頭要「沒頂」才行，而信義會就不用這樣的方式，受洗時只要把「聖水」沾濕額頭就行了。信義會的理由是如果孩子才幾個月大，還不會憋氣，把頭整個泡到河裡豈不給淹死了！浸信會卻說你們胡扯，哪裡說幾個月的小孩受洗要全身浸泡？全身浸泡只有在成年人身上才管用，舊約中寫施洗者約翰幫人施洗就是這個方式。但信義會又說舊約說的洗禮是猶太教的洗禮，那時聖教會還沒建立呢，基督的儀式，得照聖教會建立後的標準……。就這樣你一言、我一語的爭論不休，最後弄到彼此看對方都成了基督的叛徒，稱對方為邪教，兩派信徒，相互怒目而視，搞到我們這些只想撈點油水的騎牆派左右為難。

後來我發現教會間的仇視與鬥爭還不僅如此，教義上的歧解其實源自於人性中自私、貪婪、凶殘、好逞小慧的劣根，把自己的小對說成大對，把對方的小錯說成大錯，戰火一經點燃，就絕不鬆手的非把對方鬥倒、鬥臭、徹底鬥垮不可。基督教如果有十個教會，就表示暗地裡有十個戰場。當然形成門派的原因多數在教義的解釋，譬如《聖經》包括舊約新約兩部分，到底該以何者為重，就在門派中造成極大的爭議。有個教派根本不承認舊約，乾脆把自己的教會叫做「新約教會」，還有一個教會可能來自美國早期刻苦自厲的清教徒，從《聖經》中發現一條，主張信教要排除一切繁華，連聖誕節都不過，他們不把教堂叫做教堂，叫它「聚會處」，每逢聖誕節慶，反而大門深扃，淒清無比。

教會間重者彼此敵視，輕者彼此視而不見，有時候並不是緣於教義的解釋不同，而是因為一些「教外」的因素，地域或族群認同也成了教會間的鴻溝。譬如講閩南語、信眾以本地人居多的長老會從不與信義會的國語禮拜堂往來，中國人創辦的教會「眞耶穌教會」也不理會有外國血統的教會，當然路德會、浸信會也幾乎根本不視它為存在，這都是地域意識作祟的緣故。

我幼年與少年時代，雖然有「吃教」的經驗，但不像葉新雲那麼嚴重，主要是家庭沒有給我太大的壓力，要我必須拿教會的東西維生，教會的補給，有當然好，沒有也無妨，所以我在各個教堂的行走，比較輕鬆而有些漫遊的味道。這種行走幾近於乞討，卻有著一些遊戲的成分，特點是刻意把自己置身於最低暗與卑微之處，對孩子而言，「躲藏」有時是很快樂的，從低暗的角落「仰視」世界，是否看得更眞實我不敢說，但能夠看到更大更多則是事實。這樣的生涯與觀察對我們後來的成熟很有幫助，它讓我從很小的時候就體會到生命旅程的複雜性，生命中也許有榮耀，但也避免不了有屈辱，眼前儘管一片光明，但隨即而來的可能是閃電與雷鳴，就像李斯特（Franz Liszt, 1811-1886）在鋼琴組曲《巡禮之年》（*Années de Pèlerinage*）裡的描寫，在經歷過瑞士的奇險、義大利的風和日麗之後，必須進入雲霧繚繞的靈魂深處做另一番巡搜，人生的旅行才告結束一樣。變與多樣是事實，我們必須隨時準備以應付世界的萬變，世界從沒有「固定」過。這種「博通」的認識，也讓我們早早看出世界既存的污穢與醜陋，但污穢與醜陋如不能避免，我們何不對它稍作寬容呢？

到我初中生涯即將結束時，可能美國的 Food for Peace 的計畫已經停了，也許東亞各國已能自立，無須再分發救援物質了，這使得教會生態也有了改變。小鎮兩三年前雨後春筍般的教堂紛紛關門歇業，只剩下幾家，不過也有好處，因爲沒東西可發，信仰反而成了眞正的靈魂追求。然而影響基督教式微的最大原因並不是教會沒有物質可發，而是同樣高舉十字架但財力更爲粗豪的天主教在小鎭興起，他們有組織又有計畫的辦醫院、辦護校，天主堂蓋得宏偉又堂皇，自然吸納了大部分有興趣「吃教」人的眼光。只不過我們這些小孩已長大，有其他的事値得我們去觀察與追逐，天主堂再好的福利，也吸引不了我們了。

白鴿

《印刻》十月號刊登了大陸劇作家二月河的一篇談順治皇帝的文章，在作者介紹中說他「小學、初中、高中各留一級，二十一歲才高中畢業。」同期又刊登了尉天驄先生記詩人也是他中學老師紀弦的文章，文中一段說：「高中第一年讀完，我因爲數學與英文不及格而當了留級生。高一重讀，紀弦竟成了我的美術老師。」讀此二段時，心中竊喜，口中不禁大嘆「吾道不孤」，原來留過級的不只我一個。

我曾留級，沒有像二月河那樣成果輝煌的留了三次，但比尉天驄要強的是我在初二時「就」留了，不像他要到高一時「才」留。我們小時候常比賽自己不光彩紀錄，同樣的紀錄如發生最早的就算勝利，譬如初中時偷竊被抓，一個同學說神什麼呀神？我小學就被抓過啦！另個人說我出娘胎就偷東西了，當然算出娘胎就偷的人優勝。其次同時被抓，得看他「贓物」多少，譬如偷五十元與偷一百元，一百元的罪行較重，但論起英雄來，偷一百元的當然要比偷五十元的英雄些。用這個方式，我們來算算：尉天驄因數學英文兩科不及格而留級，而當年令我留級的不及格科目則有數學、理化與公民三科，科目數量比他要多，當然是該以我為勝出了。

然而今天一條龍，當年其實是一條蟲，跟人賽狠比英雄，是事情過了之後才有的。留級生剛留級的時候，每個人都如喪考妣一般，不要說笑，就是哭都不敢出聲，窩囊得不得了。我當年留級前，不能說成績好，但也未居末流，上學期我數學不及格，自以為無所謂，下學期一平均就過了，就是沒過，一科不及格也不致留級。再加上我讀的是甲班，是四班男生班中最好的一班，學校對我們一向優禮有加，我編在這班讀書也常自鳴得意，想不到下學期不但沒把數學補起來，又多了兩科紅字。學校規定主科兩科不及格就要留級，我比下限更多了一科副科，這樣留級，從哪一角度言都實至名歸，就算倒楣，也是活該。但導師張鴻慈先生深不以為然，他想一定是教師或教務處弄錯了，自言自語道：「數學不及格也就罷了，怎麼搞出理化與公民都不及格了？」親自帶我到教務處理論。教務處的職員查了後說：「不是我們的錯，是老師打的分數。但要補救，不是沒有辦法。數學平均才五十一分，上學期就不及格，這一科就不要管它了。理化平均五十八分，這學期只要多四分就平均過來了，沒有四分，三分也行，教務處可以四捨五入，也算及格。這裡頭公民最簡單，因爲平均有五十九分，只要這學期多一分，就可四捨五入及格。」教務處職員的話中沒有主詞，但不致弄錯，他眼睛看張老師時主詞是「你這學生」，看我時主詞是「你」，什麼也不看時是「這張成績單」。張老師純是好心，到教務處爲我設法平反，但我從來沒有那般的屈辱與尷尬過，我像一個長著暗瘡的病人，被逼脫去衣裳，讓別人公開揭示我的患部，商量治療之道。他們討論的結果是，只要找到理化與公民老師，請他們在七月結束前「更正」成績，我不留級就有希望。

判了死刑的犯人最好早早伏法，俗語說早死早超生，即使不能超生，至少還算個痛快。不斷的上訴、更審，表面帶來一絲生的希望，而其實是比死還重的責罰，這種痛苦我在少年時代就嚐透了。導師事後跟我商量如何找理化老師與公民老師，要我跟他們求情，老師認爲，我一向成績不惡，人也老實（這是他的看法），只要好好說，請他們把成績改了，應該沒什麼問題。但馬上遭遇到的難題是根本找不到老師。我初二上的理化老師因爲犯了「花案」（與女老師或女學生發生了些事件），上學期結束就離職了，下學期來的是一位代課教師，這位代課老師還是從台北來的，常請假缺課，下課就走，跟這兒的老師與同學都不熱絡，他期末把分數一交就不知去向了，我窮畢生之力（初中生也沒什麼力好窮的），也找不到他。公民老師名叫葛桐華，要找就比較方便，張老師與他有舊，張老師說就由他來找，但不巧葛老師下學期轉到宜蘭省中任教，學期一結束就舉家北遷，張老師自然也沒找著。

這樣度日如年的拖了一個多月。家人問我成績單呢，我說有一科成績學校說弄錯了，要下個月才能發。幸虧他們都不細心，否則一定會發現事有蹊蹺，那段時間我出奇的寧靜，特別規矩，家事不論是否是我分內的，不須大人吩咐我都會自動又熱心的做好。我不太擔心姐姐姐夫在知道我留級後嘲笑或責罵，我頂多不讀了，去做工，我喜歡繪畫，我一度幻想可到戲院去學畫看板。但我擔心母親會受不了，她只有我這個兒子，她從我小時候就天天逼我早起，叫我用功讀書，不要丟她的臉，何況她那時重病在身，醫生已驗出是肝病。據說肝病的人得吃一種海中生物分泌出來的水，家裡擺著好幾個大型的玻璃瓶，裡面的這種生物很像海蜇皮，它會自動增生，原來薄薄一層，過不多久就變厚了，它分泌的水帶著一種特殊的酸味，家裡被那種味道彌漫，有些嗆鼻，但聞久了也就習慣了。母親的病越來越重，她的下腹腫脹，大概一周須抽水一次，她已不太能做家事，我分外的小心，代理一切粗重的家務，當然其中有為人子的基本孝心，但我心中還有他事，我當時的繁複委屈是完全不能與人道的。

一個月後，找老師的事沒有進展，留級的事就算三審定讞了。當留級確定後，家裡並沒有發生什麼風暴，不是我得到家人的寬貸或原諒，而是母親的病更重了，而且驗出是要命的肝硬化，姐姐打聽到台北木柵有位中醫，就把母親帶到台北去治療，家裡一片兵荒馬亂的，根本沒人注意我的事。

母親在台北治療了半年多，大約是沒效果就回家了，到第二年暑假她過世前，她都住在家裡。她必然在其後的病痛中知道了我留級的事，但她已沒有力氣責罰我，整個家在災難的陰影下，我敗壞的成績，只算是命運氣旋中的一個小插曲，沒有人注意到它，也沒人當它一回事，這是我逃過一劫的主要原因。

但在學校，我卻覺得被羞辱得厲害。當時有句閩南語是專門用來嘲笑留級生的，那句話是：「落第某，呷菜脯」，跟國語罵的很像，國語是說：「留級生，吃蘿蔔根」。我記得自己到「低」年級報到已是恥辱，有天下午第一節是美術課，老師仍然是王攀元先生（似乎全校的美術課都是他教），我因繪畫表現不惡，他很早就認識我，還一直認爲我品學兼優呢，點名時突然發現我在這班，問我是不是走錯教室了，引起滿堂哄笑。

學校留級制度的用意也許不壞，是讓成績不好的學生有重新學習的機會，但判斷學生成績的機能出現了嚴重的問題，班上成績差的，往往可以蒙混而過，而一些成績不錯的學生反倒是留級了，這是教師怠忽職守，沒有認眞教學，也沒認眞的打分數所造成的。跟我一同遭到留級處分的兩個同學，一個叫作簡武次，另個叫作黃慶統，也與我編到同一班，他們都是極爲聰明的人，成績一向在中等以上，卻落到與我相同的命運，可見教師打的成績不可靠。另外學校對留級的學生並沒有特殊的觀察與輔導，重讀舊課程對大部留級生而言，只是玩歲愒時，徒然浪費光陰而已。簡武次與黃慶統此後的生涯，幾乎全都放在教育班上學生如何閱讀黃色書刊上面，一個成了「性學大師」，一個成了「金賽博士」，下課了，身邊總圍著群淫光四射的男生，在班上風光得不得了。

留級讓我在很小的年紀就「洞察」了人性中深藏的悲劇，人在自己創造的所謂善的行事規則中，其實容納了許多人與生俱來的惡的本質，任它在規則中馳騁發揮，軍人在這個規則下可以對敵人展開殘忍的屠殺，警察對不認可政權的人可以肆意的逮捕與處罰，都是其犖犖大者。在學校，教師與學生對成績不好的人，是可以恣意侮辱的，那是「正義」賦予的權力。當然，世界是圓的，沒有單方面的道理，留級生也有生存之道，少數留級生可以戮力自強，發揮潛力，也許把成績拉上去，等他加入傑出之林後，也可以「奴役」別人。另一種人自知無望，乾脆放棄，也就是「不跟你玩了」，他們可能比留級前更加「墮落」，他們對自己失望，也會把失望帶給他的世界。

留級在教育中是不是好的方法，我到現在還不能判斷，但我當年的遭遇，對我一生其實影響殊大。家人與周圍的人，沒有一個能幫我面對挫敗的難題，反而是不斷的譏諷與嘲笑，使我受盡折磨。當然那些痛楚使我成長，但整個情緒低暗又混亂，所以那種成長不是很自然的也不是很健康的。當我高中的時候，已遠離了初中留級的憤怒與憂傷了，也許那就是時間治癒了一切吧。記得高三那年寒假，我經過小鎮的菜市場，看到一個個子長得高瘦精壯的年輕人，正在搬動堆在街邊的陶罐，仔細一看，原來是跟我一同留級的性學大師簡武次，他變得比以前靦腆，有一點害羞，我問他別後的生活，他告訴我他後來沒再升學，就靠賣陶器爲生。我問他同屬我們一道的「難友」那個綽號金賽博士的黃慶統的現況，他說他不清楚，但聽說也不讀書了，好像到台北去尋求發展了。他邀請我方便的話到他的家裡去小坐，他家住在聖母醫院後面，正巧與我住得很近，有一天黃昏我就去拜訪他。

他住的地方是租來的，是個有院子的平房，院子與房屋走道上堆滿著各式陶器，大多是食器，也有一些是玩具，但在他住的主要房間的地上，整齊的排著一列專門用來裝死人骨頭的高罐，令人怵目驚心。他與我同年，我還在學校讀書，他卻要成天在這兒搬有運無的接受生活的磨練，他笑著說，這些都不算什麼。他說留級後他只讀了一年就休學不讀了，所以他初中根本還沒念完，留級後的那一年讓他覺得所有的生活都沒有意義。我開玩笑說你不是讀小說很有心得嗎？我指的是色情書刊，他苦笑說：「一陣子瘋，過了，就都沒有味道了。」我問他生活中哪些還是「有味道」的呢？他說是養鴿子。

他帶我上屋頂，說現在正是黃昏放鴿子的時候，我才知道他的本事。他說屋頂的鴿籠全是他一釘一木親手「打造」的，木條都是原木的顏色，整個鴿籠整理得十分乾淨，沒有一般鴿籠的臭味。鴿群看我們上來，都咕咕叫又跳的，顯得興奮異常，他打開特製的小門，鴿子一個個跳到門內的踏板上，彷彿在等待他的准許才能飛出籠外似的。他把一隻灰色帶著紅斑的鴿子抱在手中，檢查牠的喙與足爪，他說這隻鴿子前幾天受過傷，現在已經全好了，他用上揚的手勢送牠到空中，鴿子就奮力的飛了出去。他特別挑了一隻純白的鴿子，輕輕放在我手上，要我用左掌捧著鳥的腹部，右手輕壓牠的雙翅，將牠的雙足，穿過我左掌的指隙，小心別讓牠抓傷了，他說，他要我學他放鴿子到空中。白鴿的腹部柔軟極了，牠的足與喙都是好看的粉紅色，而眼睛則像紅寶石一般的發亮。我在他的號令下兩手輕揚，白鴿就拍著翅膀飛了出去，簡武次看著我，第一次興奮的笑了起來。他舉起插在鴿籠邊的竹子，上面繫著一面紅色的三角旗，他用力的在風中揮著，我與他一起，看著遠方的鴿子，好像自己也能飛翔，能夠把年輕生命中的困頓與哀傷，遠遠的抛擲到腦後一樣。

影戲

電影在西方的歷史已經很久了，我最近看卡爾維諾（Italo Calvino, 1923-1985）的一篇帶有回憶性質的文章，上面記載他的童年，大約是三〇年代的時候，電影已很風行，在義大利很荒僻的鄉下，電影院中就能夠看到世界各地包括好萊塢的影片了。但我小時在宜蘭鄉下，就在五〇年代初期，電影還很稀罕，小鎮有兩家戲院，原都是以演歌仔戲爲主，到我讀初中時，歌仔戲才逐漸沒落，電影終於取代了歌仔戲的地位，成爲娛樂的大宗，兩家戲院成爲了專演電影的電影院，但當時人不叫它電影，而是叫它影戲。不過歌仔戲還是有票房，太平山林場有一個禮堂樣的建築，取名叫做「林工之家」，一度取代戲院成爲歌仔戲的演出場所，演出的時候，也是盛況空前的。歌仔戲演出時常常標榜十幾或幾十「大本」，要把這麼多本戲演完常需一個禮拜甚至半個月，所以每場演完的時刻，戲班會加演一段「下集預告」，大家把這段加演時刻叫做看戲尾，戲尾開演的時候，戲院會打開大門，讓沒錢買票的人也可進去過過戲癮，正好下午場演戲尾的時分，是我們中小學放學的時間，我們常擠進亂糟糟的戲院，看舞台上生旦淨末丑爲下次票房奮力的演出。

戲院剛改爲電影院時，還保留了些演歌仔戲時的規矩，電影快散場時也會打開大門，讓人進去看「戲尾」，我就進去看過。但放電影不比演歌仔戲，門簾一開就影響布幕上的聲光，戲院後來就不再讓人進入了，但場外等待的觀眾很多，也是影院做生意的對象，戲院就想了個辦法，讓正片演完後加演預告片，這時臨時觀眾進場就沒什麼關係了，因爲看正場電影的人都紛紛要走人啦。當時的台語把預告片叫做「見本」，我們孩子對話中常有那部片子精彩極了的話，其實討論的都是電影的預告片，因爲看正場電影得買票，小孩子是看不起的，後來我才知道那「見本」是日本話。

早期的電影院設備可說是簡陋得很，好在只要在黑色的布幔上掛一塊白布就行了。那時的電影還是小銀幕，演的多是黑白片，有一張彩色片子，戲院就大事張揚，說什麼是「特藝五彩」，一部伊漱蕙蓮絲主演的游泳片名叫《出水芙蓉》，標榜的是「水晶七彩」，後來「特藝五彩」又變成「特藝十彩」，我完全搞不清楚五彩、七彩與十彩是如何分辨，只知道彩色片比黑白片賣座要好是事實。不久之後，大部分電影都改成彩色拍攝了，連國語片、台語片也不落人後呢。

戲院在剛改演電影的時候，國語片與台語片比較沒有問題，日本電影也還好，社會上懂日語的人還很多，但演西方片子的時候就有麻煩了，因爲觀眾根本是鴨子聽雷，不知道明星在上面講的是什麼，當時電影還沒流行附著字幕，附著也沒太大用途，因爲認識字的人也不很多。這時電影院就發明一種辦法，請一個人在一邊依著「本事單」上的故事大綱來逐句翻譯，用的語言當然是閩南語。「本事單」只大略介紹劇情，要逐句翻譯完全得看翻譯者胡扯的工夫，電影院用擴音器把翻譯放出來，一方面給戲院裡的觀眾聽，一方面也朝戲院外「播出」，可以招徠外面的群眾，但可笑的是電影裡面有不同的演員，而翻譯者只有一個，他不管如何盡力模仿，還是一個如假包換的單口相聲。後來戲院可能爲了節省經費，不再花錢請翻譯員，翻譯的工作改由電影放映師兼任，理由是放映師一天至少看過三場，電影的劇情早已瞭若指掌，當然可以擔任翻譯了，但他們忽略了口才其實是一項專業，不是聽過故事的人就一定能講故事。我就聽說有一個喜歡表演的放映師，拿起麥克風就喋喋不休，問題他每看一遍電影就有新發現，因此他的翻譯也每場不一樣，弄到觀眾去向戲院老板抗議，說他同一部片子看了兩遍，結果故事竟然大不相同，老板把放映師找來，要他以後翻譯要「老實」點。但無所謂，因爲不久，「片上自帶中文字幕」與「特藝十彩」就成了所有電影賣座的必需，放電影又兼翻譯的這行業，只興起一時，很快就消失了。

我讀初三的時候，學校請了一位極有個人風格的老師來當訓導主任，這位訓導主任對籃球與電影出奇的熱衷，在他任內，他不但憑著他個人關係，請到當時在台北「籃壇」有名的球員如陳祖烈、羅繼然，教練霍劍平等來校訪問，還安排他們跟這裡的球隊舉行友誼賽，切磋球技的結果證明地方球隊根本沒有球技可言，但眾多明星在我們學校的水泥球場出現，把學校弄得熱鬧非凡，也算是盛事一件。有一次這位訓導主任去看電影，正戲前放映一部美國哈林籃球隊的記錄片，他極爲欣賞，連忙跑去找戲院老板商量，說要「包」演這部記錄片給學生看，老板說一部記錄片只有十餘分鐘，沒法包演，除非連主場電影一起才能「包」，他爽快的說好。第二天下午就全校停課，決定初一初二看第一場，高中與初三看第二場，連「包」了戲院的兩場。全校因這消息而沸騰起來，上午就沒心上課了，好不容易挨過中午，吃完便當，就準備排隊到戲院。哈林的球技確實不同凡響，個個都有百步穿楊的本事，他們還能蒙著眼睛反身投籃，彈無虛發，每投必中，那部片子眞是精彩極了，但接下的劇情片就沉悶不堪，是個老掉牙的愛情片，男女主角哼哼唧唧的，連打個kiss都不痛快，如果不是有老師與教官在後面壓陣，學生大概都溜光了。

這個例子一開，全校師生同去看電影就變成常態了，有幾個學期，我們幾乎每個月都會開進戲院去看場電影，也不管是否耽誤了正課。當然這事沒法排進學校的行事曆中，因爲要被動的等到有適合青少年身心健康的電影出現呀。看電影雖然說要適合青少年身心健康，不過解釋起來也不是那麼一成不變，譬如戰爭片，可以說是砥礪青年敵愾同仇的愛國意志，科幻片是增進學生科學知識，我們就看過一部名叫《坦克大決戰》的影片，雖然是張好萊塢出品的美國片，但戲中主題是納粹戰敗前青少年參加坦克部隊的故事，最後他們都被美國的戰車打敗了，簡直是全軍覆沒呢，但觀眾的同情心，都放在納粹慘死的青少年軍身上，如果這片子是喚醒青少年愛國意識的話，那喚醒的是愛哪個「國」的意識呢？好在從沒人追究過。我讀高一時，學校帶我們到戲院觀賞一部環球電影公司拍的時事新聞片，其中有一段是八二三金門砲戰的記錄片，國軍在料羅灣搶灘，而共軍的砲彈不斷在四周爆炸，戰況十分激烈，全片只有兩三分鐘，但我們誓死保衛金門的事被國際電影公司注意了，豈不是國家的偉大榮譽嗎？然而接下來演的是一部名叫《一襲灰衣萬縷情》的電影，故事如片名一般，冗長而灰暗，無聊透頂，如果有人抱怨，學校可以說我們主要是來看國際新聞片的嘛，劇情片是奉送的，要看不看隨便你啦。這些事如發生在今日，早就讓人掀翻天了，那時候卻都相安無事，當時的人，得饒人處且饒人，眞是忠厚極了。

學校的這項與正式課程無涉的安排，對我們知識的開展是很有幫助的，有些電影帶給我們沉思，有些電影讓我們懷疑，而那些沉思與懷疑都是成長所必需。譬如我們在其間看了一部號稱「科學片」的《變蠅人》，故事是說一個科學家發明了一種特殊的傳導技術，能把人從一個大瓶子中傳到另個大瓶子中。有次他以自己做實驗，實驗中不小心讓一隻蒼蠅飛進瓶裡了，他在另個瓶子出現的時候，竟發現他的頭已變成了蒼蠅頭，而蒼蠅身上卻帶著他的頭，當時科學家想，一定要把蒼蠅跟自己關進瓶中再傳導一次，彼此才有可能恢復原狀，結果整部片子在抓蒼蠅的過程中打轉，可說高潮迭起，但到後來蒼蠅還是朝屋外飛走了，科學家看再也追不回來，只有絕望的自殺。這部片子雖然是科學片，但整體而言，是把科學當成夢魘，在它眾多的寓意中，至少有一項是說科學本身就是個陷阱，跌進去後很難爬出來，整部影片在「情緒」上其實是反科學的。這部影片對我的影響很大，我看後不停的思考，科學家與蒼蠅交換了頭顱，這時的科學家應該算是誰呢？有思想能力的腦在頭顱之內，蒼蠅具人的頭顱，那感覺絕望的應該是蒼蠅，該自殺的也是蒼蠅才對，但電影卻把具有人形體不具有頭顱的那個「人」當成科學家，豈不完全弄錯了？

由於學校經常帶我們看電影，我們對電影的喜愛情緒就被激發出來了，私底下也就時常光顧戲院。高中後，學生老喜歡在課餘討論電影，電影變成時潮與新知的來源，這一點，男女的差距很大，女生在電影上所得最多的通常是化妝與服裝的知識，男生則比較注意機械與武器，在電影情節上女生注意的是男女感情的事，而男生則喜歡討論西部片中誰出槍快、日本影片中武士本事多強的問題。有幾年小鎮戲院在上演西部槍戰片的時候，幾乎座無虛席，觀眾多得不得了，有一個名叫倫道夫史古脫的半老明星，長相不怎麼好，但戲院宣傳時說是美國總統艾森豪「最欣賞」的明星，他主演的幾部片子都賣座奇佳，想不到這位無論從哪個角度看都不怎麼好看的演員竟然成了我幾個同學的偶像。西部片中還有一個名叫裴蘭卡斯脫的（奇怪槍法好的明星都喜歡叫什麼「脫」的），倒是個「性格」又有勁的明星，他與同屬「性格」的演員寇克道格拉斯合演過幾部好片子，寇克道格拉斯的長相奇特，濃眉大眼，頭髮像一堆亂草不說，他下巴正中央還有個凹下去的肉陷，眞讓人擔心他刮鬍子時該怎麼辦。然而他們倆演了幾部後就不演了，聽說是「戲路」變了的緣故，後來就由約翰韋恩取代了他們在西部片中的地位，約翰韋恩好像終其一生沒有更改戲路，直到死都還在演西部片。但我很不喜歡這號人物，大肥臉孔瞇瞇眼毫無表情不說，頭老是梳得油光，走起路來喜歡把手放在腹前左右擺來擺去，娘娘腔得很，想不到後來竟成了西部片的「泰斗」，世事之不可預料有如此者。

日本片的賣座狀況一直很好。我讀中學時同學對日本古裝武俠片十分風靡，戲院也經常上演日片，我就看過三船敏郎與八千草薰主演的《宮本武藏》，無論聲光演技都精彩得很，這部片子好像有上中下三集，上演的時候，在小鎮上眞可用萬人空巷來形容。第三集也就是故事結尾，宮本武藏與佐佐木小次郎在海邊決鬥，好像是旭日初升的時候，小次郎憑藉刀上的反光把對方的眼睛弄昏了，就出其不意的一刀把宮本武藏殺了，一世英雄得此結局，出場的觀眾無不欷歔喟嘆。後來日本武打片又喜歡糾合了一些怪異故事，一下子惡魔一下子菩薩的，最怪力亂神的是《里見八犬傳》，還有一部由阪東妻三郎主演的《丹下左膳》，描寫一個瞎了一眼又缺了一手的神奇武士，出刀極快，因而戰無不勝，也都膾炙人口，但這類電影都顯得荒誕不經。更晚一些又蹦出一個勝新太郎來，他主演了好幾部的《盲劍客》，描寫一個目盲的人竟能同時對付八個以上的明眼劍客，更神的一段是這位盲劍客吃飯時討厭蒼蠅擾人，舉劍一揮，十幾個蒼蠅應聲落地，這個鏡頭引得觀眾一片叫好，戲院的氣氛眞是熱鬧極了。當然那些都是剪接的特技，越後來的電影越朝特技方面發展，偏離了電影藝術的正道，影片至此，已不再以故事與演技爲重了，日本片中再也沒有當初如《羅生門》、《地獄門》般的元氣淋漓了，我認爲是一種墮落，但電影對大多數人而言只是娛樂，也不能指責過甚。我們青少年時代，都曾有一段時間對電影熱衷過，每當一部新電影上演，就有不斷的敘述與評論在四周響起，這時沒法發表意見的人就羞愧不已，立誓放學後快快趕到戲院，把自己荒廢的知識當下補齊。

我是男生，所以我殘存的電影記憶，不論西片日片都以動作片爲主，國語片我很少看，國語片都是不痛不癢的廉價愛情片，其中「插曲」尤多得無法忍受。不論西片、日片或國語片，我對女主角都沒什麼印象，但我同班的同學史柏一就跟我很不同，他喜歡看也看得懂愛情片，他對女明星的事知道甚多，有些時候甚至能如數家珍般的敘述一個女星的來龍去脈，他的銀幕偶像也以美麗的女性爲多。我記得他最欣賞的是剛演出《羅馬假期》就暴紅的奧黛麗赫本，他跟我說，如果不看《羅馬假期》，那所有電影都不要去看了，我在他不斷慫恿與「威脅」之下到戲院看了場《羅馬假期》，想不到還是部黑白片，故事描寫一個公主與不知情的記者在羅馬邂逅的經過，也是個老掉牙的愛情片，沒什麼可談之處。然而女主角奧黛麗赫本眞是漂亮，男主角哥雷葛雷畢克也英挺瀟灑，奧黛麗赫本在劇中調皮的剪去長髮，留了個俏麗的短髮，這種短髮被大家稱作「赫本頭」，電影演過後，還流行了好一陣子。

史柏一對奧黛麗赫本的熱衷一直到高中都沒停止。高中時鎮上一家戲院在演《戰爭與和平》，「卡司」一大堆，劇中女主角娜塔莎是由奧黛麗赫本飾演。這部片子史柏一連著四天天天買票進場，他除了去看他心儀的女星之外，另外還有企圖。史柏一家裡有架 Yashica 牌的 120mm 像機，觀景窗在像機的頂部，一次只能拍十二張，他想把他心愛的奧黛麗赫本攝入他的像機中，他的二三四次都是爲了拍照而去的。第二次與第三次都沒有成功，因爲他以爲電影院很暗，所以帶了閃光燈進去，想不到閃光燈一閃，連帶把整個銀幕都照白了，當然什麼都沒照到，第四次進戲院他終於學乖，不用閃光燈，結果照出來了，照片裡的奧黛麗赫本穿著一件領子是蕾絲邊的白衣服，頭髮整個挽上去，上面戴著發亮的髮飾，大大的眼睛巧笑倩兮的盯著鏡頭望，我跟史柏一說，光是爲了這張照片，買五次票都値得呢，他也說値得値得。

都是很久很久之前的往事了。十年前，我在一次餐聚中遇到了史柏一，他當時還在故鄉的一個國中教書，前額已禿，剩下的頭髮也是黑白相參，他說再幹幾年就準備退休了。我突然想起他那次在戲院拍照的事，問他那張照片還在嗎？他說還在，只是照片已經泛黃了，他目光停在空中，用回憶的聲音緩緩的說，他把那張照片放在一個特製的像簿裡，偶爾翻出來看看，底片已壞，沒法重洗了，……他後來的話越說越小聲，我根本聽不清楚。過了一會兒，他回頭笑著對我說：「只有奧黛麗赫本永遠青春美麗，現在我們都老了呢，不是嗎？」其實奧黛麗赫本已死了很多年了，我想他是知道的，我們就陷入長長的沉默。

散落與連結

一、莫道兒

莫道兒像是個小說裡人物的名字，小說是說一個孤兒奮鬥的故事，你一定也會這樣認爲，我曾一度以爲如此，是在我讀初中的時候。

音樂課老師在教唱黃自寫的〈天倫歌〉，其中有幾句是：「莫道兒是迷途的羔羊，莫道兒已哭斷了肝腸」，後面又是：「奮起吧孤兒！驚醒吧，迷途的羔羊！」分明說莫道兒是個孤兒。

一直到高中，才知道是一場誤會，原來〈天倫歌〉是首勉勵孤兒的歌，要孤兒拋棄自卑自憐，努力奉獻社會，但「莫道兒是迷途的羔羊，莫道兒已哭斷了肝腸」，歌詞裡的莫道兒並不是人名，而是「別說我是」的意思。音樂老師只顧教人唱歌，從不解釋歌詞，當年老師的程度也不行，他們自己也不見得懂，再加上歌詞總寫得文謅謅的，老是用些典故，譬如〈天倫歌〉的首句是：「人皆有父，翳我獨無；人皆有母，翳我獨無」，原來是脫胎自《左傳》的〈鄭伯克段於鄢〉，那是我後來讀了《古文觀止》之後才知道的。

與我一樣糊塗的是我的大女兒，一次她與我討論也是黃自譜曲的〈國旗歌〉。她讀小學的時候，學校還是要教唱〈國歌〉與〈國旗歌〉的。〈國旗歌〉裡面有句是：「守成不易，莫徒務近功」，她以爲是說守一個城都不容易了，就不要隨便的想到要進攻外國。照我女兒的意思，〈國旗歌〉是一方面勉勵國人要守住得來不易的革命成果，不要被好大喜功的人害了，一方面又主張和平，必須先從克制自己侵略的欲望做起。她的想法沒有不對，但無疑是曲解了〈國旗歌〉，這是因爲她把歌詞裡的守成想成「守城」，又把歌詞裡的近功又想成「進攻」了，原因是小學老師教唱歌的時候，可能根本沒有講解，或者就是小時候扯著喉嚨跟著別人唱，連歌詞都沒有見過呢。有趣的是女兒跟我討論這件事的時候，她已從國外得到音樂學位回來了。

有次我在台大的課上告訴學生我錯解莫道兒的故事，大家聽了都笑得合不上嘴。不久四月一日愚人節到了，正巧那天我有課，我走進教室，講桌上恭恭整整的放著一張卡片。我把卡片翻開，上面用楷書寫著：「這是老師的節日，恭祝老師佳節愉快」，下面密密麻麻的簽滿了全班的人名，好笑的是在全班人名前面，他們不稱自己學生，寫的是「敬愛您的——莫道兒們上」。

二、目屎阿櫼

在我讀高中的三年中，突然對西方古典音樂產生了興趣，但家裡根本沒有唱機，聽音樂得靠各種機緣。有時能在收音機裡聽到一些曲子，然而當時的廣播很少有古典音樂節目，一般文藝節目會播，不過很難得播大曲子，只零零碎碎的播些短曲，如莫札特的〈小夜曲〉、奧芬巴哈的〈霍夫曼船歌〉、舒伯特的〈聖母頌〉、〈野玫瑰〉等，再加上還沒有調頻（FM）廣播，所有電台都是調幅（AM）播出，音效也差。有時得到同學家去聽，當時有唱機的同學不多，有古典唱片就更少，偶爾碰上有古典唱片的同學，就巴結他放出來聽。我記得班上一位同學家裡有張柴可夫斯基的芭蕾舞劇曲《天鵝湖》、《胡桃鉗》的選曲，那張唱片翻來覆去的聽，最後聽到唱片幾乎給磨花了，雜音實在太多了才不再聽。

高二的時候，一位高我一級綽號叫目屎阿欉的學長（很慚愧我忘了他的正式名字）聽說我喜歡音樂，一時興起，曾帶我到他家聽過唱片。他的綽號上有目屎兩字，應該表示他愛哭，台語目屎就是眼淚的意思，但我從未見他流過淚，也許小時愛哭，留下這個渾名。他家在一個牙醫診所樓上，唱機是落地式的，十分氣派，他的唱片並不多，但有些平常難得聽到的「大」曲子，其中好像包括有好幾張貝多芬、柴可夫斯基的交響曲。

我當時的音樂常識並不豐富，知道的曲目不多，他告訴我他最喜歡的是華格納的作品。他最熟悉也最喜愛的是歌劇《崔斯坦與伊索德》（*Tristan und Isolde*）裡的管弦樂合奏〈愛之歌〉（*Liebesmusik*），每次受邀到他家，他必先放這首曲子，並且要我正襟危坐的坐在客廳的方椅上「抱著沉靜的心情」仔細的聆聽。那眞是一首嚴肅中透露著光彩的大曲子，描寫愛情的悲喜情節，令人迴腸盪氣。可惜這曲子實在太長了，聽一遍大約需時三十分鐘，再加上整首曲子的速度不只是 Adagio（慢板），甚至是比慢板還慢又更嚴肅的 Largo，帶著一種宗教性的悲劇意味。目屎阿欉的身體不太好，一點點的精神又被這長又悲哀的曲子消耗殆盡，聽完這首，往往沒有意思再放我想聽的貝多芬了，就是放了，也因爲他不專心，害得我也不好意思再聽下去，聆樂之行最後總是草草結束。

有一天我又受邀到他家，依往例聽完這首曲子之後，他興致尙高，我期望再聽些交響樂或協奏曲之類的，但不幸的是他在取下唱片的時候，不知怎麼一鬆手，竟然把那張寶貝萬分的華格納摔在地上摔破了，讓他木然的站在原地好幾分鐘。我當時的心情很複雜，一方面同情他，一方面又慶幸此後不要再把精力放在那首過分悲哀的曲子上，就可能有機會聽完他家中其他的珍藏了。但目屎阿欉學長也許太過憂傷，也許自此改變了聆聽的習慣，也改變了對我的友誼，直到他高中畢業，再沒邀請我到他家。從那以後，我又恢復了無樂可聽，或者打游擊式的隨機「亂聽」生涯。

大約過了三十年或者更久之後，我已經有能力備有了自己的音響，並且比起以前來，算是可以揮霍又任性的購買唱片了，那可能是彌補少年時代的虧欠吧。後來我終於知道，《崔斯坦與伊索德》裡的〈愛之歌〉，在華格納的原作裡並不稱作「愛之歌」的，原作裡面它是兩段音樂，前面是歌劇第一幕的前奏曲（*Prelude*），後面才是歌劇第三幕伊索德唱的最後詠嘆調〈愛之死〉（*Liebestod*），彼此並不相連，而演奏會喜歡把兩段音樂連在一起演出，就變得那麼漫長了。考究一點的樂團不喜歡把這首曲子叫作〈愛之歌〉，而會叫它作《崔斯坦與伊索德》中的〈前奏曲與愛之死〉（*Prelude und Liebestod*）。這段樂曲我至少聽過十種以上的演奏版本，收藏的唱片也有四、五種之多。其中印象最深的是原籍羅馬尼亞的指揮家塞利畢達克（Sergiu Celibidache, 1912-1996）指揮慕尼黑愛樂管弦樂團的那張現場錄音的 EMI 唱片，那曲子他們演奏得真好，悠悠的弦樂在夠大的空間飄盪，最令人奪魂的並不是音樂本身，而是曲子演奏結束，停了幾秒鐘，像是等待聲音在浩瀚的夜空中凝結起來，整場一片靜默，冷不防，有幾片掌聲響起，後來越來越響，變得綿密又熱烈，讓人終於又跌入現實。每次聽這張唱片，就會想起那位目屎阿欉學長來，他如果在，不知會感動到什麼程度。

三、牧師娘

從我家到學校的路上要經一座公園，公園裡有小水塘，塘邊嘉樹成蔭，錯落著幾個亭閣，看起來還算順眼，我每次上下學都喜歡走過。公園的北門口正對著一條馬路，路口有一間基督教長老會的教堂，這是小鎮最老的教堂，灰色洗石子建築，日據時代就有了。我每次經過，都會放慢腳步，有時會在此駐足一段時候，並不是我對宗教發生興趣，吸引我的另有他物。

在這座教堂的後方，與教堂相連的建築是牧師的宿舍。長老會的牧師一般不叫做牧師而叫做長老，但長老的太太還是得叫牧師娘，從來沒聽人叫長老太太為長老娘的。一次我經過教堂，竟聽見一段亮麗的管弦樂從教堂後面的宿舍房間傳出，就有一種「忽聞仙樂耳暫明」的感覺，轉頭發現是牧師娘在她的房間放唱片，音樂從窗口傳出，走在街上就聽得到。

這位牧師娘年紀大約還不到四十歲，臉孔胖胖的，頭髮燙成大捲式的，她放音樂的房間應該是她的客廳，兩面有窗子，光線很好，光線不好的時候就開著燈，所以在外面也看得到她。音樂響時常看到她在房間裡走來走去，像是在不停的擦拭家具或在整理東西，似乎從沒看她好好的坐下來欣賞過，我一度還以為她是長老家請的下女呢，後來一位信教的同學告訴我，她就是牧師娘，是一點都無須懷疑的。

牧師娘無疑是個喜愛音樂的人，她放的音樂是一般比較少聽到的曲目，但那時我聽過的西方古典音樂不多，而且抓到什麼聽什麼，一點系統也沒有，所以我的判斷也不準確。我只能說我對聲音比較敏感，平時只能把聽過的音樂存在腦裡，沒有能力爬梳，更談不上整理，腦中存有許多亂糟糟的各不相連的樂段，只是像堆棧一般的堆積著，毫無結構可言，所以音樂對我來說不能算是知識，頂多只是一團混亂的記憶罷了。

一次下雨天我經過教堂，並沒有看見牧師娘，但我聽見窗內唱機正放著雷姆斯基—哥薩科夫（Rimsky-Korsakov, 1844-1908）的名作《天方夜譚》組曲（*Sheherazade*）裡最驚心動魄的描寫辛巴達航海冒險的那段，我特別靠近窗台，和著屋簷的雨聲，把大約十分鐘的終曲聽完。那天我穿著雨衣，雨衣的頭套像個特殊的收音設備，把收到的澎湃音響就近反射入耳，那真是一次極其怪異的聆樂經驗。我呆立在大雨的窗前，如果別人看到一定會驚訝的，所幸那天並沒有被任何人發現。後來有一天天高日暖，我聽到她唱機上放的是奧爾夫（Carl Orff, 1895-1982）的《布蘭詩歌》（*Carmina Burana*），我站立窗前聽了一會兒，正巧是曲中那個變聲男高音怪裡怪氣的高叫時候，我看到牧師娘走進房間，只得匆匆離去。

我不信教，長老會又比較有族群特性，對他們認可之外的族群似乎不太歡迎，所以我無緣正式走進這座教堂。但我對這座教堂的信眾，一直懷有一種特殊的祝福之情，說透了，竟然是因爲他們有一位喜歡古典音樂的牧師娘。從我家到學校其實還有其他通路的，在我發現教堂的樂聲後，後來的一兩年之間，我不論上學或者回家幾乎都只走這條路。

後來我常常思考那段聆樂之旅對我一生究竟發生了什麼作用？我不是個早慧的人，這可由我從少年到青年時代對一些歌詞的誤解看出來，我大概天生喜歡音樂，但我生長在一個毫無音樂成分的家庭，我在收音機裡、在同學家中，當然也包括在學長目屎阿欉的家裡聽來的音樂，都是零散又欠系統的，在牧師娘窗外聽的，更是忽長忽短，東一段、西一段有頭無尾的，這些樂段散居各處，彼此毫無關係，有一點像散落在外太空各不連屬的隕石。我只是隨興又隨緣的聽，聽多了，竟然也有發現。那些各不相屬的東西之間，其實有一種看不到的神秘力量在牽引著，這有點像太空裡的隕石各自獨立、各不相屬但卻沒有碰撞，它們其實都被看不見的磁力規範在軌道上，只不過那磁力與軌道我們都看不到，從這點看，散落的隕石並不是那麼孤立，它雖渺小，也是宇宙秩序的一部分。

一天我重讀朱子〈大學格物補傳〉，突有所悟，朱子說：「一旦豁然貫通焉，則眾物之表裡精粗無不到，而吾心之全體大用無不明矣。」句中的豁然貫通不只是知識經驗，而是指精神契合與會通的生命境界。小時候零零碎碎的從各處得來的音樂「素材」，後來自有機會加入各種知識，逐漸形成對音樂或藝術的整體認識。而音樂與非音樂，藝術與非藝術，科學與非科學，從更高的地方看是一體的，彼此依存，彼此激盪，形成了整體的生命。人生在某一個奇妙的階段會突然說我懂了，這時候，一些本不相關的事相關了，本來沒有連接的事看出了連接，原來，那就是意義產生的經過。

在藝術欣賞的過程中，欣賞者常會把藝術與自己的生活連接，回憶與想像充填了所有藝術的空隙，這是藝術欣賞不能排除主觀與直覺的最大理由。我在聽〈天倫歌〉時常會想起我無知的童年，聽《崔斯坦與伊索德》的時候總會想起目屎阿欉，而聽到風颮過壁立的海濤，小提琴像辛巴達駕駛的小舟衝破排天的巨浪般的奮力邁進，《天方夜譚組曲》裡面那最驚心動魄的一段，我想起的，是許多許多年之前放這段音樂的牧師娘來。

童年早已過去，目屎阿欉與牧師娘，還有許多以前熟識的人也都不知去向了，人世變化太大，不是我們能掌握預料的，所幸那些音樂依舊存在。

梵谷之路

我讀高一的時候，有一次撿到一本過期的月曆，是銀行印製的，裡面有一張梵谷名叫〈拉克勞的收割期〉（*Harvest at La Crau*）的油畫，我將它裁下，放在桌面的玻璃墊下。這是梵谷畫作裡少有的令人平靜安寧的作品，大片成熟的麥田，一部分已經收割，一部分仍黃澄澄的連綿到遠處山腳，近處田埂上停著板車，田埂邊上，有一座跟房子一樣高的麥草堆。我常常面對這幅畫發呆，幻想我在畫中的各處「景點」遊蕩歇息，周圍的風輕緩而充滿了麥香，我敢說我對這畫中細節熟悉的程度，甚至超過了梵谷本人。因爲這幅畫，我又在圖書館找到幾本談梵谷藝術的書，慢慢對梵谷以至後期印象派有了一些了解，我又看了一本名叫《生之慾》的翻譯書，其實就是梵谷的傳記。那一段時日，我成天想著梵谷的畫與他的一生，心中逐漸形成了一條「梵谷之路」，路旁是梵谷畫裡的風景，每當我心情很糟的時候，常常獨行於其間。

梵谷之路純粹是我想像杜撰出來的，取名梵谷，當然梵谷走過，但他走時不依照我的順序。幾十年後我看過一部黑澤明編導的片名叫作《夢》的電影，其中一段夢，是描寫作者走進梵谷的畫作當中，情節有點與我的幻境相似。

走梵谷之路，當然要穿他那雙繫長鞋帶的有點髒的皮鞋，梵谷為他的那雙破鞋子畫過很多張素描，也畫過一張油畫，顏色很是低暗，與他早期名作〈食芋者〉（*The Potato Eaters*）是同一時代的作品，我的皮鞋就是那樣子。軍訓課教官規定要穿皮鞋，正好我剛讀高一，金門就發生了八二三砲戰，全國緊張得不得了，以為全面的戰爭就要開打，高中的軍訓課認眞起來，平常立正、稍息等各個兵的基本訓練一點也不馬虎，學校甚至還帶我們去靶場實彈射擊呢。我在公園邊退伍軍人經營的估衣攤用極低的價錢買了平生第一雙皮鞋，樣子有點像美軍的軍鞋，鞋子不怕舊，舊鞋穿起來更是舒服，這是估衣攤老板說的。有一隻鞋的鞋舌有些變型，已經拉不太直，繫完鞋帶，走沒幾步就會向一邊斜去，鞋底還好，是用舊輪胎補過的，可以支撐當時瘦削的我走一陣長路。

梵谷之路到底要從哪裡起始呢？那可沒有一定，純粹看當時的興之所至。但不論從哪裡開始走，總會經過那座有名的吊橋，吊橋是放下來的，一輛馬車正要從上面通過，橋下運河邊有群洗衣的婦人，似乎還聽得到她們談笑的聲音呢。接著梵谷要走向種滿向日葵的花田，正是夏秋之交的天氣，向日葵結實纍纍，有些花因中間的葵花子太過飽滿而傾折，焦黃的枝葉在陽光下閃著金光。梵谷在田埂徘徊良久，在那兒寫生，又跟花農要了幾朵回去，插在開口很大的水瓶裡，定下神來又好好的爲它畫了幾幅。如果時間早些，還沒到秋天，是盛夏的時日，梵谷會走到水澤之畔，看叢生的鳶尾花，鳶尾花有劍狀的長葉，花像紫色與白色相間的蝴蝶，在水邊清涼的微風中飛動。梵谷喜歡鳶尾花，他畫鳶尾花時都用清涼的色調，連背景都很平和，跟他畫其他的畫不同。

與梵谷這幅鳶尾花冷的色調很不一樣，學校的氣候不很寧靜，這與國際現勢與國內政治有關。八二三砲戰後不久，隔年三月中共軍隊又開進了西藏，引起舉世震驚的「西藏事件」，達賴喇嘛隨即逃往國外，組織流亡政府。我們政府發動宣傳，要大家支援藏胞，想像西藏能與我們一同群策群力、東西合擊，一起推翻大陸的共產暴政就最好了。學校的政治活動，也如火如荼的展開，向前線將士寫慰問信、舉辦支援西藏同胞抗暴的壁報比賽，救國團派專人來學校演講時事，忙成一團，擴音器成天播著軍歌，好像天下興亡，鄉間的學生也有無比的責任似的。結果給前線的慰問信有了回音，但都是給女生的，一個有女性化名字的男生也收到了，都是寂寞中的無聊話，信中求索更多的安慰，已有點騷擾的性質，當然這方面後來學生都無以爲繼了。

救國團派「名嘴」來校演講倒頗有看頭。一位有大學教授名銜的高大漢子，講起話來說學逗唱樣樣會，又能出經入史，證據古今，尤其在說話中引用大量外文，博通得不得了，很受大家歡迎，他每次演講，幾乎都在帶領大家呼口號的情緒下結束。但他出勤太密了，總會踩到香蕉皮，一次講國際現勢時涉及到中東的黎巴嫩，這位仁兄雖然博學，但讀報可能不仔細，老把黎巴嫩念成「嫩巴黎」，此後大家就以「嫩巴黎」來叫他。他不知道，每次演講還「嫩巴黎」個不停，總引起一陣哄笑，哄笑中有放肆的嘲諷意味，後來他可能發覺了，就不再到我們學校來。當時學校師生都沉溺在一種不穩定情緒之中，空中好像揮散著易燃的氣體，一不小心就會點燃甚至爆炸，但那種想像中的灼燒不令人害怕，反而令人有點醺醺然，像醉了的模樣，從旁觀的角度看，是蠻危險的，但當事的人都沒有發覺。在這樣熾熱高亢又昏然的氣氛之下，學校簡陋的設備、一塌糊塗的師資、鬼混式的教學一仍舊績，都沒人去管它。

我想起梵谷的另一幅畫，也跟麥田有關，卻令人覺得不安穩得很，畫中麥田裡的麥子已經成熟，但都沒收割，可能因爲風大的緣故，大片麥子都在搖晃，遠看像海上的波浪。在麥子與遠山相交的丘陵間，長著幾株柏樹，梵谷畫這幾株柏樹，樹葉與枝幹雖然是綠的，線條則扭曲如火燄，最奇怪的是天空中的雲彩，大幅捲曲得像山間溪流，奔騰洶湧，浪花四濺，沒有浪花的地方則被漩渦布滿，緊密得一點空隙都沒有。在同一時期，梵谷還爲那幾株柏樹畫了幾幅特寫，每株柏樹都嗶嗶剝剝如火把般的燃燒得厲害，那時梵谷的心境也許跟我處的時代一樣頗不寧靜吧。

有一次我在圖書館看到一本外國印製的世界地圖，印製的時間大致在二次大戰結束之後不過幾年，上面的「中國」與我們熟知的地圖很不一樣。外蒙古當然已劃了出去，東北、西北與西藏雖然與中國同顏色，但總是淺些，上面用較小的英文寫著「滿洲」、「東土耳其斯坦」及「西藏」等字樣，可憐中國 CHINA 英文五個字母，只放在大約從四川到東海的一片土地上。有一次我跟一位同學說，共匪進軍西藏，怎能夠算是侵略呢？自己的部隊開進自己的領土。同學不以爲然的問那該怎麼說，我說如果是共匪的不對，譴責的該是漢族壓迫藏族，不能用國際間侵略一詞，他不置可否，轉移話題說：「從哪裡聽來的渾話，傳出去可是要命的呀！」

想不到這話還是傳出去了，我當然知道是由誰講出去，但話已講了，而且自己不覺得有錯，就不去管是誰傳的了。沒多久，導師叫我去問話，我們的導師是一位剛從師大地理系畢業不久的青年，像他這樣系出名門的「大牌」老師，在我們學校很少，我們學校的教師基本上多屬「雜牌軍」，提起學歷，多有不堪。他可能因為年輕，沒見過太多的世面，跟我談話的時候比我還緊張，說「聽說」我說了些對「當前」不滿意的話，他想了解一下，我把同樣的話再說了一次，問他我是哪裡對「當前」不滿意？還問他我的話到底是對是錯？他油滑得不肯正面回答，老是說高中生應專心學業，不要為管不著的事煩惱。

接著軍訓教官找上我，一位尉級的「小」教官說得很不客氣，說像我這樣批評時政，會被逮入獄的。但隔了幾天另一位校級的「大」教官召見我，說他聽到「小」教官威脅我的事，要我不要被嚇著了，他說那是對付一般人的，學校是教育的地方，老師不會用對付一般人的方式來對付學生的，相反的，老師會想盡一切辦法來保護學生。他是一片善意，但我無法了解，我有什麼需要學校保護的地方。我後來知道他們一搭一唱的演雙簧，其他老師也配合演這一齣戲，恩威並施，費盡心機的目的是要我加入他們服務且服從的政黨，而且說只要入黨，以前犯的過錯就都不成回事了。

這種煩惱不斷，我不清楚爲什麼我一定要「報効」國家，而報効之途爲什麼一定是他們設定的，但我孤立無援。同學紛紛入黨，形成一種特殊的排外氣氛，他們當然不會敵視我，但他們彼此用傳遞眼神的方式交換著秘密，對「外面」的我逐漸顯示出距離。我當然有應付的能力，不過覺得無聊得很，學校生活對我完全是浪費生命。

還好學校在偏遠地區，學校還有蠻多心不在焉的老師，他們並不熱衷政治，更不會爲某一政黨服務，其中有的程度還好，以前也讀過一陣書，但當下的遭遇，都讓他們自覺是被世界遺忘的人，都自暴自棄得厲害。他們有的沉默無言像個呆子，有的又瘋瘋癲癲的，成天喝酒鬧事，靜躁不同，都有趣得很。一個教我們歷史的四川老頭，據說年輕時做過和尙，也落草做過土匪，字寫得極好，學校大小「顏書」，都由他寫成，人家是恭楷，他則是草書，有的地方還是狂草，弄到幾乎沒人認得，但據聞校長護著他，別人也不敢說怎樣，校長是個懂書法的人。他留著大把鬍子，上課講的四川話，鄉下小孩沒人能懂，又縱酒使氣，嘴中常說願與天下人爲敵，有次遇到一個初中學生跟他抬槓，他一氣之下眞的把他從窗子丟了出去，幸好教室不是樓房，被丟出去的小孩屁股一拍的爬了起來，嘻皮笑臉的乾脆逃課了，幾個教室的學生爲頑皮的小孩歡呼大叫，大鬍子老師則對著窗口大罵，整個場面詭異而迷離，眞讓人覺得那是個不折不扣的瘋狂世界。

學校大部分老師的程度其實都很壞，他們的能力根本沒法「馴服」學生，然而他們都意識到自己是在一個偏僻的不知名學校任教，相信這裡的學生當然也差得不得了，這種「信念」讓他們在誤人子弟的時候也都理直氣壯的沒有什麼道德的壓力。我有時爲自己的處境感到悲憤，有時又慶幸自己在這樣的一個環境之下，壓力雖有，自有解決之途。老師無心教學，學校混亂無比，正好提供我眞正的自由，我的成績一團糟，但我學會自我調侃，一度以爲在這種學校讀書成績好才令人擔憂。

當然提供我另個自由又廣闊的地方，就是梵谷，起初只要我回到我簡陋的小房間，坐在書桌邊，我就可以從拉克勞的麥田出發，用記憶的方式到梵谷一生所走過的地方遊走一遭。後來我慢慢神通廣大，不須面對那張畫、不須翻開畫冊也能走進梵谷的世界，在純粹而有些神聖意味的藝術氣氛中忘記自己悲哀又荒謬的處境。

梵谷後來因爲癲癇引發的神經錯亂，不得不住進精神病院，他在住院前用刀子割去自己的一隻耳朵，有人說他割耳是是爲了向朋友高更表示不滿，不過這不是定論，哪有對別人不滿卻割自己的耳朵的？但這事也不見得不是眞的，天才總是不能用常理來判斷。梵谷的性格中，有一種完全不能平衡的矛盾，這種矛盾對立得過於尖銳強烈，常常造成自毀的結果，他大部分的畫作其實已經透露出這個秘密，一年多後，他在幾次出入精神病院之後，終於還是舉槍自殺，正是這種性格殺傷力的最好說明。

梵谷有許多右耳包著紗布的自畫像，他割的是左耳，畫裡全是右耳，這因爲是畫鏡中自己的緣故。他還爲了他住過的精神病病房畫了很多幅的畫，畫中以他慣用的發亮的黃色爲底色，表面平靜其實仍透露出些許的不安。梵谷還有一幅更令人不安的作品，那就是那幅題名叫「麥田群鴉」（*Crows in the Wheat Field*）的畫作了，那幅畫是由兩個幾乎是正方形相併的橫式長幅，據說是梵谷最後的作品。畫的上半部是燦爛的藍空，下半部是錦繡般的金黃色麥田，麥田中間一條彎曲的田埂小道。梵谷畫這幅畫，用的全是粗筆，大塊黃色藍色顏料被他用枯筆「刮」在畫上，天空的線條是扭曲又糾結的，有些藍藍得過深，有點像深海裡的海水，又波濤洶湧的，太陽雖然很大，但被太過強烈的藍色與金黃色逼迫，竟然變成像死麵般慘淡灰白的一團。麥田黃色的線條也是同樣的混亂，風十分強烈，麥子傾倒得厲害，也許看到人來，一群烏鴉從田間驚飛而起，整幅畫有令人不敢逼視的氣勢，充滿著不可言喻的命運的危機。這是梵谷之路的終點，梵谷走進去之後就再也沒有走出來。

我的世界同樣混亂，我也一度陷入孤獨而危殆的情緒中，幸好我沒有像梵谷那麼樣的神經質與創造力，當然也沒有隨之而來的自毀。我在梵谷布滿驚飛烏鴉的麥田徘徊了一陣子，終於又涉險若夷的走了出來。

怪力亂神

一、有關生命另一部分的事

我讀初中的時候，我們把鎮西郊廣興村的公墓戲稱作廣興大學，到底是誰先這麼說的，其實也莫衷一是，反正是其來有自，相演成習。人死了不說死了，而說進廣興大學去了，這使得我從少年起，「進大學」這句話就有兩層意思，一個是指眞的到台北去讀大專，一個是指安息主懷，再也不能在世上鬼混了。

當時的社會還沒築起文明的高牆，人與自然的關係還是很密切的，哲學家說死亡是生命的一部分，而日常生活的細節中總有一部分是與死亡有關，因此大家也就不特別避諱它。我們家門前有條溪流，沿著溪流有條不是很寬的路，可以通往鎮上主要街道，小路與主要街道交會口有間打鐵店，而打鐵店邊上又有兩家棺材鋪，就跟打鐵店喜歡把他們做的切菜刀、開山刀以及鋤頭犁耙等作品陳列在店門口一樣，棺材鋪也喜歡把他們得意的成品放在大門口任人參觀挑選，因爲棺材體積龐大，他們在溪畔又搭起一排由鐵路枕木做的支架，把一軀軀（閩南語稱棺材的單位，讀如國語的「枯」）棺材整齊的斜靠在那兒，這使得我們每次上學放學，都得從成排的棺材間路過。死亡雖然有點可怕，但在我們的觀念中，也不那麼排斥，每個人似乎都知道，所有人生的結果只有一條，而且那個唯一的結果距離我們並不遙遠。

鄉下人家如果有老人家，常會讓老人家在生前挑選好他們的「壽材」，其中有他們百年後駕鶴西歸時穿的戴的，當然也包括棺材等的用具。有的老人會很早就準備好，壽衣壽帽可以放在箱子裡，棺材只有擺在放置祖先牌位的那間「堂屋」，因爲那是家中最中央又最大的房子。我小時到一位同學家玩，在他家的堂屋一角看到一具擦拭得烏黑透亮的棺材，有一次我們躲迷藏，老是找不到那位同學，原來他躲進他祖母的棺木裡面去了，而且還把棺材的蓋子蓋起來了呢。

我們小時候，有許多後來被認爲是迷信的想法，在當時我們卻是堅信不疑。譬如小溪常有小孩淹死，大家都相信水鬼會拖人下水，又聽說一個人淹死了，只要找到人來頂替，他就能轉世投胎重新做人了，因此淹死過人的那一段水域，通常就沒有人敢再在那兒游泳。但夏日炎炎，小孩很難敵過溪水的誘惑。小孩間流行著這個說法，說水鬼只要看到水牛，就不敢興風作浪，所以我們想游泳時，總挑有牛在泡水的那個河段，水牛一下子成了游泳孩子的守護神了，現在沒人會相信了，但當時是大家都信的。泡在水裡的水牛脾氣好得不得了，小孩在牠旁邊跳水胡鬧，潛泳時偶爾不小心，還會撞到牠的肚皮，牛從來也不生氣，自己獨個兒在那裡放鬆筋骨，鼻子喘著甜甜的大氣，嘴巴不停的反芻著草料。後來我長大了才想到，淹死小孩的河流，不是水深就是有漩渦，而牛泡水的地方正巧是水流緩慢而且是水淺的地方，在那兒游泳，危險性自然就少了。

二、叫魂

我小時候，有時會莫名其妙的發燒，發燒的人自己覺得冷，別人一摸額頭，就會說怎麼這麼燙啊，這就表示發燒了。我一發燒，母親與姐姐就會幫我「叫魂」，說我貪玩，在外面把魂玩掉了。這時母親叫我在床上躺著，她跟姐姐拿著一件我的衣服，到我剛才「失魂」的河邊，燒了堆紙錢，把我衣服在火燄上繞了繞，口中唸唸有詞的，等火熄了後，就一個喊著我的名字，一個在後面應答著「回來了」，從河邊慢慢走到我身邊，把衣服又在我頭上繞了繞，再把衣服捏成團狀，要我抱在懷中睡覺，一覺醒來，包準就好了。

如此屢試不爽。但我躺在床上，有時並沒睡著，母親姐姐的一舉一動，我都知道。母親在回程時不斷叫著我的名字，怪異的聲音透著驚慌，尤其是姐姐代我回答，不斷說回來了回來了，兩人像演戲，又像唱雙簧般的，荒唐得令人發笑。有時我發燒時睡著了，就不知道她們做的事，第二天醒來，發現懷中一團有煙味的衣服，就知道昨天發生過什麼了。我當時確信是「叫魂」救了我，但那兩天我根本沒到河邊玩，爲什麼老是認定我的靈魂是在河邊丟掉的，卻令我百思不得其解。

三、鬼打牆

我高一時有一位同學名叫林崇德，他成績優秀，是學校公認的好學生，他的家因爲從事與陰宅建築有關的行業，就住在廣興大學附近，以古人的話，就是位居北邙山與死人爲鄰了。我們有時會請他講些有關鬼神的見聞，我們都相信以他朝夕相對的環境，一定有些與常人不同的經歷，但他說其實沒有什麼特別的，他年少氣盛，加上陽火很旺，那些不乾淨的東西都會避著他，所以沒有什麼可說的。倒是有一次他說了一個他叔父的故事，是有關「撞壁」的事，撞壁是閩南話，換成國語就是「鬼打牆」。

林崇德的叔父是堪輿師，對鬼神的事基本上都是相信的，但並不害怕，林崇德說堪輿師身上都帶有一具羅盤，這具羅盤跟天主教神父身上的十字架、和尚懷裡的《金剛經》功能一式一樣，一拿出來，不乾淨的東西都會躲得遠遠的。有一次他叔父到林崇德家，吃晚飯時跟他爸爸喝了點小酒，天黑了還要堅持回城裡，林崇德的父親想他的職業，就是遇到什麼差錯，也不會有應付不了的，就讓他一個人在微醺之下走了。

想不到他叔父走出他家不久就迷糊起來，他走的道路前面分出幾條小路，每條小路都很像，他選了一條，結果走著走著，前面又遇到幾條分岔的小路，他又選了一條，還是走不出去。眼見不遠的公路上，一班客運車開過，他知道如趕不上那班車，要回城裡的家就得全靠步行了，然而越是心急，越是走不出去。這時他意識到可能「著了道」了，打算把懷裡的羅盤拿出來，但手不管如何伸，就是伸不進懷裡。他的職業告訴他遇到這類事要鎮定，千萬不能莽撞，他知道自己前面的這位頗有些本事，能阻擋他拿羅盤，絕非泛泛之輩，他就乾脆在路邊，找塊石頭坐下。心裡想，你想跟我耗，我就恭敬的陪你耗它一下。他從外衣口袋掏出香菸，心裡暗喜，終於能掏出東西了，他作了一個向對方敬菸的手勢，就劃火柴點菸，想不到連劃了幾枝，完全劃不著，這時又一陣陰風吹來，天色更暗，連分岔的小路也看不見了，他也心慌了。他坐在那兒，越坐越冷，一下子尿急起來，就站起來拉開褲襠，當場小便起來。想不到當他小便完畢，四周就開朗開來，他發現他就站在客運站牌附近，而最後的一班客運車，還正巧停在站牌邊好端端的等著他呢。

林崇德的結論是，遇到這類事，還是以鎮定爲先，鬼打牆時前面出現的路千萬不要走，以免「敵人」誘我深入，越走越遠，終於不能回頭。林崇德又說，設計鬼打牆的鬼絕大多數並不是十惡不赦的「惡鬼」，只是逗你玩玩，並沒有非置人死地的意思，你只要表示識破他的詭計，他就不見得要跟你玩下去。還有，所有的鬼跟我們人很相像，都愛乾淨，他在逗你玩時，你拉屎拉尿的，他覺得無趣，就會放你走，所以記得遇到這類事，小便通常就能解厄。

「假如碰到的一個是髒鬼，屎尿都不怕，那該怎麼辦？」一位同學問。

「那就比較麻煩，但他設計的路你都不走，久了他不覺好玩，就會結束這場遊戲。」林崇德說。

「假如碰到的鬼既不怕髒，又是窮凶極惡的厲鬼，一心想置人於死，那該怎麼辦？」另位同學問。

「那就沒法子了，只得憑造化的意思啦。」林崇德雙手一攤，表示無能爲力，他已經盡了告示的責任了，哪有用一張藥方，治盡天下病痛的道理。

「你叔父在那兒耗了半天，怎麼客運車還會在那裡等他？」起初問他的同學又問。

「鬼打牆時所遇的時間不是眞實世間的時間。」林崇德停了下說：「有點像在夢中，經過了好長的一段故事，而在外面人看，也許只不過是幾秒鐘罷了。」大家彷彿都懂了，或許還有些不懂，只是都不再提問了。

四、陰陽眼

我的同學戴有松家在寶應宮前開飲食鋪子，夏天賣冷飲，大多是刨冰之類的，冬天賣芋圓加紅豆、綠豆湯，小本生意，不求大賺，維持生活沒有問題。鋪子原是由他父親經營，但到戴有松讀高中時，他父親年紀大了，腿受了傷，行動有些不便，就退居幕後，店裡的事大致由戴有松的姐姐負責，戴有松沒課的時候，也得到店裡幫忙。

戴有松的父親據說有陰陽眼，能夠看到一般人看不到的東西，這是我們早就聽說的。有一天下午我與朋友到戴有松的鋪子吃冰，那天戴有松不在，他姐姐把冰刨在分別盛仙草及紅豆的兩隻盤子裡，端到我們面前時，就覺得大熱天一股寒意襲來，小店沒有電扇，電燈也沒開，我們以爲是冰品的緣故，但我們吃了幾口，越覺寒冷，一回頭發現原來在店後面更黝暗的角落，戴有松的父親端坐在那兒，兩眼緊盯著我們。也許他的一隻眼睛反射著街上變化的街景，譬如汽車路過什麼的，而另隻眼睛卻什麼也沒反射，讓我們覺得他的眼睛彷彿眞是一白一黑，那就是所謂的陰陽眼吧。我們是戴有松的同學，本來應該向他請安問好的，但當時直覺背脊發涼，沒等把冰吃完就跑了。

後來我們把我們的「看法」告訴戴有松，他大笑說我們弄錯了，陰陽眼並不是一眼白一眼黑，所謂陰陽眼是指他的眼睛能夠看到一些屬於陰間角落的事，譬如人死後的幽冥世界。但他說，這種能力有大有小，大的能看到比較大又多的事，小的只能如浮光掠影般的看到一點點別人看不到的，也沒什麼好稀奇，這跟有些人眼力好有些人眼力差是一樣的。我們緊接著問他父親的能力到底是屬於小的還是屬於大的呢，他說應該屬於中等的吧。

戴有松說這種能力大多是「天賦」，不是靠後天修練得來，而且像他父親，也不是生下來就有，他如一生下來就有這本事，大多會去開擇日館，做堪輿師或是與命理有關的行業，或者做廟祝、道士等的，絕不會浪費他的天才在廟口靠賣冰維生。他的父親是在他四十五歲左右一次跌倒摔斷腿之後才突然有這能力的。戴有松說，他父親剛摔傷，躺在床上，鄰居一位老阿婆死了，家裡窮，喪事只能潦草辦過，一天他父親就看到那位阿婆走到他前面哭訴她子女不孝，說人死了只做了個頭七就打算把她埋了，難道不知道人死至少要有七道難關要過嗎？他父親請人去通報喪家，說老阿婆顯靈的事。喪家說要做完四十九天七道超渡法事，家裡如何想辦法也沒這個能力。第二天老阿婆又來了，說不要怕沒錢，她生前在她睡的竹床與竈腳的一張竹桌裡面藏了錢，應該夠用，他父親又叫人去通知喪家，結果眞的在老太太睡的竹床縫隙中找到了錢，錢是用繩子紮著成卷的塞在竹床床腳中，不知道老阿婆是怎麼塞進去的，在廚房的竹桌子裡面，還藏有幾塊日本龍銀呢。老夫人的喪事自然照規矩風光的辦完，而戴有松父親有陰陽眼的名聲就不脛而走了。

有些東西人千方百計的想要得到，但得到了，又千方百計的想擺脫。戴有松說，他父親的陰陽眼贏得很多人的尊敬，以前的朋友，有些對他另眼相看，但也讓他逐漸與人疏離，能夠與幽冥相通的人總會讓人心存畏懼。所以他說他父親不多久就不大想玩了，他又說讓他父親想擺脫這個能力的最大原因還不是朋友間的疏離，而是一個更驚奇的經歷。

也是與喪事有關，戴有松他們家有位在地方算是有頭有臉的親戚，家裡的一位老者去世了，因爲家道很好，子孝孫賢，喪禮當然辦得堂皇。一天那位死去不久的老者來找戴有松的父親，訴說他初爲人鬼時的遭遇，聽來令人不勝欷歔。原來人初死會在他熟悉的世間還待些時候，不是善人立刻上天堂、惡人立刻下地獄的，原因是陰間也有公文往返的事，總會耽誤些時間。這位老者利用他在世間最後的時刻，到處看看，想不到有了一些新發現，他最敬佩的一個在官場有廉潔名聲的朋友，原來私藏著一筆爲數極大的不法所得，而對他盡孝道把喪事辦得很好的兩個兒子，其實並不是他一向了解的正直而富裕，他們的經濟一團糟，而男女關係更是錯綜複雜，弄到第三代之後的血統都有點亂了。戴有松說他父親只能聽老者拊膺切齒的說，卻不知道該如何安慰他，他知道老者過些時候到了新世界就會把這些觀察所得全然忘掉，而這些齷齪的事，卻不幸要跟隨戴有松的父親一輩子，他還得在去親戚家弔喪時，要假裝一切不知道的樣子。

「伯父有比別人更大的能力可以發現眞相，不是很好嗎？」一個同學問。

「世界的美麗，原來只是個假象。所謂眞相，多數是醜陋不堪的。知道眞相又有什麼意義呢？」戴有松說，他父親後來一直想擺脫這個能力。

「後來擺脫了嗎？」我問。

「這要看天的意思，當然也須要個人的意志。也許要向神明不停祈禱，要祂早日把這個多餘的賞賜收回去。」但他父親不是意志很強的人，他繼續說：「當能力逐漸消失的時候，又有點捨不得了，畢竟有這超能力，能洞察一些別人不知道的事，有時候還眞是令人豔羨的，這是人的一點虛榮心吧。」

世事原本是複雜又矛盾的，只能用這個方式來解釋他父親的心情了。

寫在沙上的

一、冬枝

這個故事不是我的親身經歷，而是很久前聽人家說的，但在我們成長的年代，這類故事是屢見不鮮的。

黃阿昆（這個名字是瞎掰的）被老師叫到講台前，問昨天規定的作文爲什麼沒交，作文的題目是「我的未來」。黃阿昆囁囁嚅嚅的站著，什麼也不敢說，就是敢說也說不稱透，他不太會說國語，但因爲膽怯，眾人面前就是台語也說不「輪轉」。要命的是當時政府要推行國語，禁說方言，學校到處都高懸著標語，上面寫著「好國民要說國語」，幾個極端分子的教師發明了一種推行國語的辦法，由學校製作了「我說台語」的木牌子，比綁在便當盒上蒸飯的牌子略大，用繩子圈著，每班十面，一大早就發給今天的清潔值日生，他經過授權，只要聽見同學說台語，就可把手中的牌子掛到那個倒楣的人身上，到下課放學，原來的值日生就逃過一劫，身上有牌子的人，就得負責清掃。這個制度十分糟糕，它把十位握有生殺牌子的值日生變成人群中的奸細，到處打聽別人也許隱藏的「犯罪」事實，當然也有比較「積極」的一面，它讓我們這一代的人從很小的時候就洞察人性中某些幽微的殘酷的特性，好處是使我們當面對悲慘命運時比較認命，有時如把握機會玩些花樣，也許能狡猾的全身而退，倒楣的事不見得全由自己來擔，譬如當牌子落到我手上時，那奸細就輪我來做了。

不過這不是這篇短文的主題，這篇短文是說黃阿昆的故事及延伸出來的問題。黃阿昆站在講台前，老師問他話，他一句也答不上來，還好老師知道是語言障礙，並沒有責罰他。老師叫一個語言流利的學生上來，有點像「通譯」的角色，下面的對話，聽得到的是老師的問話與「通譯」的答話，黃阿昆反而像是置身事外了。

「爲什麼沒交作文？」

「老師，他說他不會寫。」

「簡單的作文，只要寫自己想做什麼事就可以啦。」

「可是老師，他不知道自己想做什麼。」

「你也許不知道自己要做什麼，你父親家人希望你以後做什麼，也可以寫呀！」

黃阿昆低頭想了想，授意「通譯」說：

「他爸爸要他以後做冬枝。」

「冬枝，」老師驚訝的說：「什麼是冬枝？」

「老師，我可不可以說台語？」

老師點頭，通譯就用台語說：

「就是童乩啦！」台語把乩童顛倒唸成童乩，換成國語，就成了「冬枝」了。通譯又開始說國語：

「老師，他爸爸現在在廟裡做冬枝，希望他以後也做冬枝……。」

故事如何結束的，大家都不記得，只知道從此之後，黃阿昆的綽號就給叫成「冬枝」了。

我以前在一所私立大學任教過，後來我到我現在服務的學校教書，在那所大學，還兼著一門課。那所大學中文系後來請了一位女助教，名叫吳春枝，她多禮又和善，看到人不管她雙手正在忙著，臉上都能堆滿笑容招呼你，眞親切不過。有一天我坐在休息室，她端來一杯親自沖泡的咖啡，我問她有沒有妹妹，她說她是家裡最小的，所以沒有妹妹，但她不明白我爲何問她這個問題。我說：「你如果有妹妹，你叫春枝，妹妹該不會叫作冬枝吧！」她不知所對。我眞是莫名其妙，問這個傻問題，她眞的有妹妹，按照順序，也該是夏枝、秋枝之類的，怎麼會突然跑出冬枝來？我本想乘機說一個笑話的，但沒有說成，我有些懊惱。我問的其實不是問題，我也沒央求她或任何人能解答，我只是陷入一種很難喻之於懷的回憶之中，那回憶，混亂而嘈雜，焦點總是不清楚，但那種記憶，是只有我們這一代的人才會有的。回想起來，有一點點甜，也有一點好笑，但整個感覺則是空虛得像一個氣泡似的。

二、諸葛大名垂宇宙

林烏丟這名字還眞奇怪，哪有爲人父母會爲兒子取這樣名字？但我小時候，是覺得奇怪，但還不覺得太奇怪，周圍很多這類的名字。譬如小學時有一同學叫「乞食」的，還有一個叫「罔市」、一個叫「罔腰」的女生。最多是在名字中帶「阿」的，譬如男的叫阿螺、阿狗的，女的叫阿雀、阿桃的，我讀初中時，我們宜蘭縣長就叫甘阿炎，羅東鎮民代表會議長叫洪阿碰，我有他們發的獎狀，上面留著他們的大名，直到我讀大學，一場颱風把所有的證據都毀了，但我還是記得的。

林烏丟是我讀初中時低我一年級的同學，當時還沒有像學弟這類的名詞，如有我就會這樣叫他了。我原來不認識他，但他跟我一樣住在當地人稱「南門港」的一條小溪的上游，同屬小鎮邊陲的成功里，我升初二時，早上上學常遇見這個個子比我矮但制服比我新的同校學生。當時初中規定要穿童子軍制服，我們學校的童子軍教練是個受過短期日本教育的台灣人，信仰法西斯，在他的觀念裡，學校教育的目的是訓練學生服從、服從、服從，正好當年台灣也在搞黨國一體的威權統治，這位要求學生絕對服從的童軍教練，雖然學識甚淺，連「慚愧」兩字都會唸成「見鬼」，卻大紅大紫的風光過。他規定所有初中部的學生都得穿著正式的童軍服，必須戴大盤帽，脖子上紮可以作急救綳帶的大方領巾，男生綠色，女生白底紅線，胸章肩章小隊徽一個也不能少，腰帶是反扣的環狀頭皮帶，上面鑄有凸起的中國童子軍字樣，中間是百合花的童軍徽章。童軍教練每天早上站在校門口檢查服裝，不合規定的要你在門口罰站，必須像簽下切結書般的，答應他明天穿戴整齊才暫時通融你進教室，學生偶有頂嘴的，他不但怒目相向，有時還飽以老拳，這使得每個學生都視上學爲畏途。我最早發現這位低我一班的「小友」，是每天站在轉往學校正門復興路的一個街角，一個一個細點他身上配件，看看有沒配戴整齊顯得緊張得不得了的小男孩。

後來我知道他叫林烏丢。但曾聽到他同學叫他「林烏去」，後來我知道他們班上大部分開始都這樣叫他，大約鄉下學生根本不認識丢這個字，有次我聽他不斷小聲的訂正，說：「是丢了，是丢了。」

因爲不是同班，也是不同年級，我與他並沒有什麼交往。他的家庭似乎是務農，好像還養了牛，在鄉下應該還算不錯的家境，家人鄰里都叫他阿丢。我之比較注意他，還是他那個怎麼說都算有些奇怪的名字。有一次我問他，他說他也不明就裡，他問他爸爸，他爸爸識字不多，也不知道究竟什麼意思，只是說這名字是自己的父親、也就是阿丢的祖父取的。後來一個機緣，我現在完全忘了那機緣是怎麼造成的，我終於知道阿丢的祖父在日據時代是個當時社會罕見的知識分子，曾經作過小鎮的小學教師，大約在二次大戰的末期因病而死了。現在可以斷定的是阿丢出生後祖父才死的，因爲他爲這個孫兒取了名字，但爲什麼把孫子叫成阿丟，寫成烏丟，又是個謎了。

我在台北讀完大學，有一次回鄉參加一個同學會，雖然是高中的同學會，但其中有幾個也是初中時期的同學，會後天南地北的聊起以前的種種趣事，不知道什麼原因，竟然談起鄉下那些土裡土氣的名字，這時林烏丟也蹦了出來。其中一位高中畢業後一直沒有離鄉的同學說：「眞是誤會一場呀！」我們問他指的什麼，他說：「你們知道那個林烏丟爲什麼叫做林烏丟嗎?他祖父原來跟他取的名字叫林宇宙，根本不是什麼林烏丟。他生下後，祖父死了，日本隨即戰敗，國民政府來了，要大家報戶口，辦戶口登記的不巧是外省人，就問小孩叫什麼?家裡人用台語說林宇宙，寫成國語，就成了林烏丟了，因爲台語宇宙眞的就唸成烏丟呀！」終於眞相大白。林烏丟當時還小，自然無須負責，這不能怪那位外省戶籍員，你說的明明是林烏丟嘛，也不能怪林烏丟的父親，他原本就識字不多，根本不知道把宇宙寫成烏丟有什麼不對。

後來一長段時間，我對林烏丟的祖父總懷著特殊的敬佩之心，試想在險惡的生存環境之下，糧食補給極端匱乏的時代，天上還不時有美軍轟炸機飛過呢，這位鄉鎭教師卻浪漫的對人在宇宙中應扮演何種角色作各方的思考。他可能知道尼采，讀過他的《查拉杜斯屈拉如是說》，他也許自忖做不成頂天立地的超人，但他期許這個孫子能在浩瀚的宇宙中做一個堅強又獨立的勇者，爲他取名宇宙。但上天竟開了個大大的玩笑，那個像天神宙斯般宏大有氣魄的名字，最後變成了烏鴉一樣的烏、把廢物丟棄的丟了。

自從初中畢業後就不記得再看過林烏丟了。我畢竟與他不同年級，我只記得他還是初一學生的時候，一個人瑟縮在轉往學校大門復興路的街角，不安的檢查身上的童軍配件的模樣。他後來有沒有升學高中？如果升學，是不是與我一樣進入自己母校的高中就讀，這我一點都沒印象了。我後來知道人民有權更正不雅名字的，只要到戶政機關辦簡單的手續就可以辦成，不知道他是不是把名字改過了，或者「恢復」了他祖父爲他取的堂皇的名字。往事如煙，許多少年時代發生的事，如果不去特別想它，就像根本沒發生過一樣。

詹國風

詹國雄是我的同學中最天高日暖的一個，他成天嘻嘻哈哈的，是個典型的開心果。記得讀初三的時候，有個亂哄哄的下午，一個同學鬼鬼祟祟的跑來問我要不要看「女陰」，我一時回不過神來，他說：「就是女人的那東西呀！」我還沒有答腔，他又說：「詹國雄身上有。」就忙牽著我衝進一群男生圍成的圈子，詹國雄在圈子中央，他撩起上衣，腆著肚子，用兩個拳頭擠壓肚臍兩邊的皮肉，形成一條垂直的折皺，揚首四顧，不斷問周圍的人說：「像不像？像不像？」大家因此哄笑不已，這就是詹國雄，有點小聰明，但隨時不忘耍寶取樂。

但後來每當提起他，我總有些猶豫不決，不知道該叫他詹國雄還是詹國風。原因是他跟我同學的時候，無論是小學、初中或高中時，都叫作詹國雄，高中畢業後，他沒有繼續升學，一次到台北來，他夤緣到電視公司打工，被一位導演相中，要他擔任一部電視劇的配角角色，但條件是他必須改名，理由是台灣人名字叫國雄的，沒有五百萬也有四百萬，要想成「名」難上加難，其次，他這詹國雄三字以筆畫來算是不適合在影劇娛樂界發展的，再加上幫他算了算流年，他三十歲後會十分不順，還可能有牢獄之災，必須用改名來消災解厄。想不到他遇到的一位大導演，還是一位深通命理的大哲學家呢，他隨即二話不說，遵照大師的指示把名字改成詹國風了。

詹國風並不是個藝名，他是到區公所眞的把名字給改了。一次同學會見面他告誡我們，此後得叫他新名，否則他夭壽，也順帶讓叫他國雄的夭壽，所以知道的人以後都叫他詹國風了。但每次總有不知典故的人，還是叫他國雄國雄的，那也沒辦法，是從小叫慣了的呀！

詹國雄啊不詹國風與我淵源最深，我小學剛上四年級的時候，由比較靠海邊的五結國校轉學到城裡的羅東國校，他也是那時剛從外校轉來，當時人都特別欺生，我們兩人被逼到牆角，只得聯合起來對抗。他比我矮，但力氣大，又勇猛無比，一次把幾個圍我們的人都推倒成狗吃屎的模樣，「敵人」就對我們另眼相看，嚴格說來是對他另眼相看，順便也使我這同樣屬於外來的人受惠，我們就成了好朋友。

但四年級結束，我因家庭因素又轉學，我們的友誼便中斷。其間有一次，我回原來學校去玩，在一個班級壁報欄上看到他寫的一篇短文，題目是「我的好朋友」，裡面提到的名字竟然是我，我當時眞高興得不得了，很想去找他致謝呢，但沒有眞的去找，此後我們就斷了音訊。直到初三的時候，我們又鬼使神差般的同班了，初三時的他，個子還是矮，但上圍十分發達，他如脫去上衣，把兩手握拳，一拳向前，一拳置於腰後，肩膀微傾，肌肉賁張，就能展現健美先生的姿態，但不幸的是他個子實在太矮，要想在那一行發展是不可能的。他也知道，總是怨嘆自己練雙槓舉重練得太早，把身體壓住了長不高，但我見過他家人，包括他的父母與妹妹，都住在菜市場肉案子後面的一間狹隘的小樓上，父親比較矮瘦，而母親與妹妹都圓臉又胖胖的，三個人全像一個模子倒出來般，就知道身高是天生的，他現在的個兒，根本不是練什麼舉重的緣故。

他有個極爲特殊的才幹，他父母都是道地的本地人，家裡都說閩南話，但他卻能說字正腔圓的國語，能把捲舌音與兒化韻分得十分清楚，這本事不要說是本省人沒有，外省同學也很少有人能辦到。再加上他喜歡模仿大人物說話，有時候學長官訓話，裝腔作態卻鏗鏘有聲，有時候又學《少年維特的煩惱》裡面詩人的語氣，誇張的運用形容詞與副詞，明明是好，要說成「令人驚訝的美好」，看到一個女人，非說成「她婀娜地用洛神凌波微步的方式款款地向我走來」，並且告訴我句中的「地」字要念成「的」，把原來通順的句子硬變成拗嘴的翻譯文學，我眞服了他。但他的這份才幹，竟爲他與學校贏得榮譽，屢屢代表學校參加演講比賽獲獎，成了個紅人。

他還有音樂的天才。他的天才不在會什麼樂器，五線譜與樂理也概不知曉，他只會唱歌。他音色很亮，也能唱別人唱不上的高音，一般人唱歌，唱到C調的高音Mi就唱不怎麼上去，而他唱到So或La都還游刃有餘似的，有這本事，他便成了我們學校有名的男高音了。他記譜很慢，弦律節拍常常出錯，但只要唱熟了，加些賣弄，就也能表現出歌唱家的味道了，這點與剛過世的男高音帕華洛帝（Luciano Pavarotti, 1935-2007）很像，傑出的男高音，經常唱的也就是幾首歌而已。

高三的時候，我跟他又同班，學校臨時組了個合唱團，目的是兩個月後參加縣的音樂比賽，我跟詹國雄幾個人也被「抓夫」般的抓進團裡。一個新來的男性音樂教師很有雄心，不知從哪裡搬來了一大疊樂譜，封面寫著《大禹治水》，硬把我們分成男女混聲四部，就每天放學過後留校訓練起來。《大禹治水》是部氣魄很大的合唱曲，我已忘了是誰作的，爲了表現洪水驚人，光在序曲上，就有一段鋼琴的亮麗演出，鋼琴的八十八個鍵，好像全給用上了，我一度懷疑這位新來的男性音樂教師，是爲了找機會施展琴藝而特別組織合唱團的。但合唱團的程度實在不好，又加上是一時拼湊成的，沒什麼默契可言，一個個像散兵游勇的單打獨鬥。詹國雄當然被「任命」擔任大禹的角色，而班上一位女同學，因爲能唱女高音，就唱那倒楣的大禹夫人，新婚不過三天就被夫婿拋在腦後，此後丈夫十三年在外三過其門不入，對這位女同學而言，她擔任的角色眞太悲慘了。我們幾個男生總在其間調笑不已，練唱後常問詹國雄，你大禹每天在外治水，就算身體鐵打的，心裡不會枯燥寂寞嗎？他說不會不會，水主陰，陰就是女人，我十三年「治」盡天下九州的女人，還會寂寞嗎？我們問話不正經，他的答話更不正經，所有話裡，都帶著色慾的成分，那年齡的男生，大概都一個樣兒吧。

就這樣胡湊胡練，兩個月後也搞出一些模樣了，校長在「驗收」成果的時候把我們誇獎了一番，還用「獨樂樂不如眾樂樂」的古訓勉勵我們。訓導主任是個山東人，參加過青年軍，說直讓他想起抗戰時唱「熱血滔滔」的大合唱。但參加縣裡比賽，還是敗下陣來，輸給只有女聲兩部的蘭陽女中，大家都不服氣，幾個女生還哭了起來，但一回來，也就嘻嘻哈哈的忘了，只怪詹國雄花心沒把水「治」成，誰要他說治水就是治女人呢？

因爲「功能性」消失，合唱團就解散了。但我們幾個人唱歌的熱忱被激了起來。正巧鎮上戲院剛演過一部由男高音馬里奧蘭沙（Mario Lanza, 1921-1959）主唱的好萊塢電影《學生王子》（據說這部片子原先是找馬里奧蘭沙主唱又主演的，但等劇本寫好，小馬因爲好吃又好飲變成個大胖子，就讓另個英俊男星主演，小馬改爲幕後主唱了），馬里奧蘭沙的歌聲實在好，再加上片子是在海德堡大學拍的，那兒的景色優美，這位電影中的「王子」，就成了大家的偶像。《學生王子》裡的歌大部分是情歌，不像歌劇裡的歌曲，誇張音域與音色，片子裡的歌，都還適合一般人的嗓子，所以才能造成流行，我記得其中有條叫〈*Beloved*〉的情歌，最後幾句是：Summer or spring, winter or fall, You are my life, my love, my all. 由於詞義淺顯，曲調優美，弄到每個人都朗朗上口，連女生都不例外，不過女生唱的是原版，而男生唱的常常把歌詞上的「life」改成「wife」。

到當年年底快近的時候，一次詹國雄問我是否有興趣參加天主教的合唱團，在聖誕節子夜彌撒中演唱？我問他參加了嗎？他說他已答應一位神父參加，那我也就決定參加了。我又建議再次「抓夫」，把大禹夫人及其他幾個合唱團的成員也找進來。

詹國雄與天主教會為什麼有關聯呢，這又說來話長了，這件事要從詹國雄的父親說起。羅東有家聖母醫院，規模很是不小，在地方頗有名氣。創立這家醫院的是天主教靈醫會。靈醫會的神父、修士清一色都是義大利人，他們都穿著黑色的袍子，左側胸口縫著一個大紅的十字架。詹國雄的父親，原來在一個基督教會裡頭打雜。當時社會對信洋教的人是不太看得起的，問人信什麼教，常說成你「吃」的是什麼教呀？因為早年美國民間對台灣的救援物質常透過教會分發，其中有奶粉及牛油，到教堂禮拜後就有這些東西可領，所以說「吃」教並沒什麼不對，只是有點刻薄。詹國雄父親可能看天主教的福利更好，就轉而「吃」天主教了，這在當時是很普遍的，反正信的是耶穌，都是拿十字架，連《聖經》也是黑皮書，裡面也好像一模一樣呢。由於他父親在天主教堂工作，詹國雄跟那裡的神父修士混得熟，也就順理成章了。

負責訓練我們合唱的是一位修士，大家叫他馬修士。合唱團裡的成員，不僅是我們幾個毛孩子而已，裡面有神父修士與修女，都是靈醫會的幹部，他們的音色與音樂的素養，是我們不能望其項背的，我們在那兒也確實學了不少。聖誕子夜彌撒中唱的大彌撒曲規模很大，歌詞是拉丁文，音樂部分，不論是旋律與和聲，眞莊嚴美麗又氣象萬千，尤其當管風琴鋪天蓋地響起，把教堂的嵌花玻璃窗都震得則則作響，結尾的時候，男聲二部先唱，女聲隨即跟著唱：**Kyrie eleson! Christe eleson! Kyrie eleson! Christe eleson!** 應答反覆，後來四部混聲，管風琴像大風樣的磅礴，像海濤樣的翻轉，最後人聲器樂，合而爲一。才知道對於聲音的了解，西方人眞比中國人高明多了，拿我們曾經自命不凡過的《大禹治水》跟它比，相差之遠，眞是不能道里計的。

唱完子夜彌撒曲，接著興奮了好幾天。過完元旦，不久就放寒假了，放完寒假，有些人準備考大學，有些人準備就業，各忙各的，高中還沒畢業，已有「星散」的味道。詹國雄沒有升學，是家境或成績的原因，我已記不得了，他後來選擇在影劇娛樂界發展，不久又改名爲詹國風，前面已經說過，就不再贅述。我繼續升學，當然生命的道路是與他不同的，因此我們就越走越遠，有時好幾年也沒見一次面，但童年時相投的氣味仍然在，見得面來，幾句話後就聽他嬉笑怒罵了起來，看到他從不會有陌生的感覺。

高中畢業大約三十年後，一次同學的子女結婚，宴席中見到他，他已顯出些許老態。我趕忙拉他到一角，問他近況，這時，也有幾個老同學擠了過來，他依然嘻皮笑臉的，不改以往的愛說笑的個性。他說他多年的婚姻已告結束，現在是自由又放蕩的單身貴族，要他到哪兒去「治水」都沒有問題。又說他現在在一海灘作教人浮潛遊樂的生意，一季賺的錢，足供一年花用。又說他決心作這行生意，除了混飯吃之外，海灘上盡是可餐的秀色才是主要原因，哈哈……，講了那麼多話，還是言不及義，我懶得聽下去，便回到原位坐了下來。

一個我們都熟識的少年時的友人，也在我旁邊坐下，他輕聲問我說：「你聽過詹國雄的事嗎？」我說怎麼了？他說：「聽他說得神氣，其實他很慘。生意失敗了很多次，欠了一屁股債，幾個老同學都被連累了，他自己也幾乎抓進去關了呢。老婆早就跑了，現在一個人在苗栗通霄看沙灘。」

他以前老喜歡敘述他在電視台風光的日子，吃香喝辣的成天與名人周旋，但事實往往與他說的相差很遠。我知道他曾經在國語電視劇上演出過，但都是插科打諢的小角色，從來沒看他演過主角。這並不是因爲他沒有才華，而是他的身材太矮，臉又太圓太胖，不是「性格小生」的料，原來做演員，身材臉孔還是決定一切。他後來轉而專演台語電視劇，不過也沒轉出太大的名堂，成天穿著店小二的戲服，幫人端菜端酒，與他對手的，不出阿匹婆、矮仔財、㕯斗之類的諧星。三十年前，爲了追求那個光鮮亮麗的世界，他還特別改了個名字，想不到結局還是如此。

每個人看起來都是獨立的個體，像行星與隕石般散布在宇宙的各個角落，各走各的路，互不相屬。但這個獨立的個體，從另個角度看，其實也沒那麼獨立，命運像看不見的磁場，往往還是決定人生的最大因素。我突然想起司馬遷在〈伯夷列傳〉中引賈誼的話說：「貪夫徇財，烈士徇名，夸者死權，眾庶馮生。」意思是是：貪夫因求財而死，烈士爲求名而死，喜權勢者因追求權勢而死，而一般人呢，就憑藉著生存的本能而生，等到命盡了也就死了，無聲無臭的，一切都由命運來擺布。接受命運擺布的，不只是「眾庶」而已，貪夫、烈士、夸者也都是。韓信被呂后斬殺之前，嘆息說：「吾悔不用蒯通之計，乃爲兒女子所詐，豈非天哉！」韓信絕對是英雄人物，但再偉大的英雄也戰勝不了命運，所以在臨終只有大呼天了。

他完全不知道我在想什麼，與那群同學聊完，他熱忱的把手攏在我肩上，在我另一邊坐下。他製造了滿座轟然的熱鬧情緒，然後舉杯敬酒，一飲而盡，連續喝了好幾大杯，快樂得不得了，好像當晚嫁女兒的是他一樣。

從那次以後，我再也沒有他的消息。

魏黃灶

小鎮寶應宮附近有家「小店」，招牌上寫著主要業務為命相、擇日、命名、地理四項，下面寫著菜瓜師三個大字。

這菜瓜師三字現在由我高中的同學繼承，他名叫魏黃灶。照理來說，他是菜瓜師的第五代傳人，用西方貴族世襲的方式可以叫他做「菜瓜師五世」，或直接叫他菜瓜師才對，但他或許是謙虛，或許是認為菜瓜師這三字不雅，並不允許別人叫他菜瓜師，只表示自己繼承這塊招牌，也繼承這塊招牌下的業務罷了，他仍然只叫魏黃灶。

但小鎮的人哪管得那許多，菜瓜師就是菜瓜師，管他是祖宗或是後代，合婚辦喜事要選日子，生了孩子要取名字，人入土要看風水，不找菜瓜師找誰？明明他是魏黃灶，大家還是不管人前人後的只叫他菜瓜師，叫久了，誰也改不過來，連魏黃灶走在路上，一聽到後面有人在叫菜瓜師，他也自然會回過頭來。

據鄉下人說，菜瓜師的第一代元祖是從福建泉州來的一個青年，當時台灣還沒割讓給日本。他在家鄉時讀了點書，渡台後在台北各地浪跡過，但一無所成，終於跑到這個東部小鎮，落腳在一家賣菜瓜及其他菜蔬的小店打雜，當時大家都叫這家小店做菜瓜店，小店旁還有幾家棺材鋪。菜瓜店老板家遷台已久，在小鎮算是大家族，但自己家人口單薄，只一個女兒，老板看這位青年老實，就把女兒嫁給了他，不過約定以後如生了兩個男丁，一個跟父親姓，一個得跟母親姓。一天菜瓜店的老板死了，由於只有他識字，喪事大小包括買棺木、選日子都由他全權處置，結果一切調停安妥，贏得大家讚許。而菜瓜店隔壁有幾家棺材鋪，來此選購壽木的喪家須要各項指點與安排，那些「業務」就逐漸落到他頭上，慢慢的，這菜瓜店出身的師父不再賣菜瓜，菜瓜師的名號就不脛而走了。

菜瓜師成名之後並不忘本，因爲後來只一個兒子，就要兒子一肩雙挑，把父母的姓合在一塊，從此就姓魏黃了。原來我這位同學魏黃灶不是姓魏名黃灶，而是姓魏黃單名叫作灶，這是我在高三時一次與他聊天後才知道的。

魏黃家從此步入坦途，安康度日。但因菜瓜師的業務範圍包括命相一類，其實不論擇日命名算風水，都多少跟命理扯上些關係，一扯上關係，就有透露天機之嫌，這在個人運勢上就是忌諱了。細看有名的命相師，常能幫別人指點迷津，讓人逢凶化吉，而自己的遭遇都不會太好，尤其在子嗣上，有的就此斷了代，有的有後，但獨缺男丁，像菜瓜師這樣五葉相傳，就算每代都是單傳，也是該行業極少見到的事。一次我聽人說，這一方面是仰仗祖宗的庇佑，另方面得靠自己廣積善緣勤種福田始以致之。

命相師的廣積善緣與一般人的廣積善緣還有不同，命相師的廣積善緣尙包括在明察天機的時候要節制，明明知道十分，說出的時候最多不要超過一分，因爲宣洩過盡就有礙天道運行了，這是爲什麼聽命相師說話，總覺得四面風八面堵似的老是抓不住方向的原因。譬如就算看到索命鬼在旁邊，也不能告訴對方馬上要死了，當然像這類生死大事，命相師就算是參透全局，對之也都是無可奈何的，只能苦口勸對方，最好改走他路試試，通常對方不會改，就是改了，也因爲太倉促而無效。總之命相師知道命運之所以爲命運，絕大部分是要對之遵行不逾的，小部分或無關緊要之處也許可以幫他動一動，但也要謹守分際不要動得太多，以免擾亂了上天爲世間定下的規矩。這裡一定要節制小心，否則就成了「逆天」了，孔子說的「畏天命」，就是指此而言。

魏黃灶到了他祖父時才遷居到現在寶應宮旁的現址，原址的幾家棺材鋪在他遷居時還在，但他祖父早想與它們脫離關係。菜瓜師發跡的營業是擇日與風水，店開在棺材鋪旁邊，當然有接不完的「生意」，但這也形成了局限。因爲請他看風水的如果多是看陰宅墓地的喪家，那看陽宅的就不太會來找他了，任何人都會避免晦氣的呀！在擇日上面也是一樣的，安排出殯喪葬事務多了，有吉慶事的人就也不再光臨。慢慢的魏黃灶的祖父發現他的營業主項，竟跟葬儀社所做的沒有兩樣了，古人說有一得必有一失，眞不我欺呢，他就下決心搬走，打算換個地方來改換門楣重啓新運。

遷到新址的菜瓜師果然擺脫了以往的「陰」影，而朝向自以爲最得手的擇日命名這方向發展，結果也大有收穫。魏黃灶告訴我，在極盛的時候，小鎭有頭有臉家的小孩有近一半的名字是他們取的，在他祖父與父親的時代，一般台灣人不但要取漢名還要取日本名，這使得他們的業務忙得不可開交。

我們讀高中的時候，魏黃灶的成績不是很出色，團體活動也不太參與，因此也就不太有人注意他，但一畢業，他就令人刮目相看，因爲他畢業還沒一個月就結婚了，他當然沒再升學。後來一次聚會大家忽然記起來，高三寒假前，教官帶班上同學到冬山靶場打靶，打靶結束，我們幾個同學跑到附近的廟宇抽籤，打算問問畢業後的前程，其中也有魏黃灶。每人的籤語都不同，當時沒人當回事，事後也都嘻嘻哈哈的給忘了，但記得魏黃灶求的籤語中有「妻兒鼓腹樂團圓」的句子，那時他還被人取笑了一頓，想不到沒滿一年就得到應驗。隔年後的寒假，我們在外地讀書的同學回鄉，大一才讀一半呢，他就喜獲麟兒了。

他之提早結婚生子，是因爲他父親生他已是五十出頭，魏黃灶畢業時他父親已七十歲，這行業的人最爲子嗣擔憂，所以他結了婚而且快速得男，確實是菜瓜師家族的天大喜事。湯餅宴時，整條街都排滿酒席，車輛都得改道，熱鬧得不得了。我們班上同學都去了，當時魏黃灶發下豪語，說每年這時候都由他來主持同學會，吃的喝的都由他負責，他父親也在旁邊拍胸脯保證，反正那天氣氛興奮極了。但後來這個許諾並未兌現，不要說每年的同學會不見舉行，十年後同學會在母校舉辦的時候，人幾乎都到齊了，卻獨缺魏黃灶一人。

再過了幾年，我回小鎮，被幾個同學拉去參加了一個聚會，會上不期而遇的見到魏黃灶。魏黃灶已變得難以認識，也只不過三十多歲，卻成了個禿髮沒脖子的胖漢，最不可思議的是還腆了個大肚皮，笑著說連皮帶都快買不到了。我問他上次為何沒參加同學會，他文謅謅的跟我說是「丁憂」，我問：「是老太爺嗎？」他點點頭，我跟他表示歉意，起初還有點責怪的意思就一掃而空了。

後來我知道了，大部分還留在小鎮的同學是常常聚會的，不見得要用同學會的名稱與型式。有幾個同學跟我反應，說魏黃灶說話，十句裡面總有一兩句讓人搞不懂，譬如他剛才跟我說的「丁憂」，就不知道是什麼意思，我告訴他們典故。才知道魏黃灶為他的「業務」需要，要不時查考古書，有關命相陰陽的書多文言寫成，看久了，他的語彙中就參雜了不少文言用語，只有我們中文系出身的才能了解，以致讓人覺得他與我都是「今之古人」了。

久坐之後，話題不知怎的轉成討論取名字的事了，也許正因有魏黃灶在座的緣故。一個同學問魏黃灶，取名字的訣竅就是算筆畫嗎？因為一般姓名學書上都如此寫的。魏黃灶說算筆畫數不是訣竅，但數目都跟陰陽有關，不只與陰陽有關，甚至每個數字都有五行的屬性，這些事在《大易衍義》這本書上都有。他說起《大易衍義》書名的時候還特別看了看我。他說數字也是要注意的，不過不是最主要的項目，他說：

「最主要的項目是陰陽調和，所以先要知道人的命格，才能在取名上作各方面調處。人是有命格的，西方人也由星座來判斷人的人格特性，譬如獅子座的人勇猛精進，處女座的人內向保守，取名字就是要基於他的人格特性，爲他截長補短。這裡還有一個意思，就是所有事都不能一概而論，如果拋開命格來討論名字，都是沒有意義的。」

「你是說像姓名學上說的什麼名字好、什麼名字壞，都不能成立嗎？」

「書上寫的，不見得錯，但如果只照著上面筆畫數來命名，就會出問題，西洋人說一個人的補品，往往是另個人的毒藥。同樣道理，一個人的好名字，別人用就不見得好，有些還是大凶，不然你爲自己小孩取名叫蔣介石、毛澤東試試，看看有什麼結果？」

「會有什麼結果？」一位同學問。

「這兩個名字對蔣介石與毛澤東而言，是他們有大局勢的命格足以當之，別人用，就會給壓得不死即傷，是個大凶的名字。命相學上有偏鋒取勝的說法，要想偏鋒取勝，也得有本錢，你不知道歷史有扶不起的阿斗的故事嗎？阿斗同樣姓劉，但沒命做皇帝，勉強做只有亡國一途。」

「剛才你說取名要截長補短，要怎樣才算截長補短呢？」另一同學問。

「這事太複雜，不是一兩句說得完的。」魏黃灶說：「譬如先天命中欠金，在命名的時候可以幫他補一些金，取帶有金字偏旁的字就很好。同樣的，欠水的，就用水字偏旁的字，但也不是一概而論的。這有點像中醫，心火過旺，不見得要從減薪滅火那方面做，高明的中醫往往會從補腎方面著手，因為腎主水，腎水足了，野火即使再旺也不致於燎原，這種醫療方式，有點像武術上的隔山打虎，運用的原理則是《易經》上說的陰陽相需、剛柔並濟。不過這話說起來簡單，運用起來卻不是那麼順手的，需要不斷的觀察學習，並且從生活中體驗。」

「你叫魏黃灶，是不是你命中缺火又缺土呢？」

「你說的對，但不是完全的對。」魏黃灶沉吟了會兒，說出他名字的故事。他說自從他高祖創業以來，就為後人立下了取名的「名譜」，因為他家從曾祖之後都姓魏黃的複姓，只得取單名，高祖為後人排名譜只列了一行字，每字的偏旁不同，那一輩取名就得取與所列偏旁相同的字，所以他們家論輩份，是看單名的偏旁，不過祖先設計也許周密，但卻用處有限，因為五葉都是單傳的緣故。輪到魏黃灶這一輩該用「宇」字，由於魏黃灶是第五代的長子，後面也沒弟弟，所以他一定得取名為魏黃宇，這是祖宗決定好的，幾乎沒有討論的餘地。

然而魏黃灶自出生後就大病小病不斷，小命幾度從鬼門關搶回，尋遍名醫，也找不出原因。某個深夜魏黃灶的父親在床上突然孤零零的只想起《論語》裡的一句：「名不正則言不順」，憬悟到該不是名字出了問題吧，起來卜卦，居然得一「復」卦，分明要人再次考慮的意思。魏黃灶的父親一天在祭祖時把疑問提了出來，果然晚上魏黃灶的高祖就託夢顯靈，說沒想到這孫兒命中積欠過多，無法承擔這麼大的名號。宇字代表天，原本至高無上，但于字上面有頂帽子，這頂帽子，得要有命格的人才能撐戴得起，沒命格的人，會被它壓得死死的，甚至連命都保不住呢。細看這孫子，五行缺火又缺土的，就跟他改名叫灶好了，至少能夠保住小命。結果改名之後，他就沒病了，終於好端端的活了下來。「哪只活下來？」一個同學開玩笑說：「還成了個大肥豬呢！」

回想那次談話，已經是三十年前的事了，那次相聚後，我們就再也沒見過。回鄉時總會在同學那兒零零碎碎的聽到一些有關他的消息，譬如他唯一的男孩已經長大，原則可以繼承他的行業了，但第六代的菜瓜師高中畢業到台北讀書，讀的是電機之類的，在工廠發展順利，不想待在家裡，面對魏黃灶要他繼承祖業，就顯出

「忠孝不能兩全」的困擾。

今年清明前後的某一天，我路過鎮上寶應宮時遇見了魏黃灶，他還認得出我來，請我到他附近的店裡小坐。這店在我們高中畢業時堂皇得很，現在卻一半租給了草藥店，留下的一半，也灰暗老舊。他本來就胖，現在更顯出衰頹的樣貌，呼吸時不斷喘著氣，胖子特別容易出老，他把大茶壺裡的冷茶倒一杯出來，要我喝茶，自己就對著壺嘴喝了起來。我問他營業還好嗎，他搖著頭微笑著說：「有一件沒一件的混著做，多數是人情的緣故。」停了一會兒，他又說：「好在現在相信這套的人越來越少了，我跟我兒子說，你就留在工廠，不必想繼承的事，等我死了之後，這行業就不可能存在了！」

他說完，眼睛看著外面。正逢黃昏上下班的時候，就是小鎮，路上的汽車摩托車也是接踵連綿的，噪音很大，一時之間我心裡也亂了起來，我說我還有事，就與他告別，我走之前，一直沒動那杯茶。他仍對著大街發呆，一副心不在焉的樣子，他的心情我能體會，但那時候我突然變得詞窮，面對眼前的一切，似乎一句話也說不上來。

空山松子落

我初二因留級到了一個新班級，遭受同學的輕視與稍帶敵視的對待，當時我的心情眞如寒天飲冰，難受極了。第一個對我展現友好的是班上的尤金祝，一天他帶來幾張當時很風行的《小說報》，看我在注意他，突然轉頭輕聲問我要不要看，爲了鼓勵我，他說他家裡還有很多本，要想看一下子也看不完，我在他半堅持之下，就留下了那分《小說報》。《小說報》是份專門刊登小說的刊物，取名爲報，根本沒有新聞，全「報」半開印刷，看小說長短決定張數，最少兩大張，最多可達四大張，一大張有四版，兩大張就有八版，當時印刷物字體都小，八版足以刊登一篇中篇小說了。

《小說報》刊登的大多是所謂的「言情」小說，有時爲塡補空隙，會在文中插圖，以彩色印刷，在當時算是新穎，很受一般讀者歡迎。我在留級之前，從未讀過小說（讀故事書不算），之前我喜歡閱讀有關天文及地理方面的書，圖書館裡談天象行星的書都被我借出來過。我很早就知道有一天太陽會膨脹到把它所有的行星都融化，而成爲它的一部分，到時世界又回到混沌的原始起點，那時候的整個太陽系變成了一個巨大的「白矮星」，後來白矮星逐漸冷卻縮小，最後把所有的質量濃縮成一個極小的物體，隱藏在廣袤的宇宙間，就成了個能把所有磁場與光線都扭曲的「黑洞」了。我的少年時代讀了很多這類書籍，這使得我比同年的人在思想與情緒上都低沉些。同時我還喜歡看介紹地理沿革的書，特別愛讀遊記，我看過的書其實不少，就是沒有讀過小說，尤金祝借我的《小說報》算是開了我另個閱讀世界的眼界。

尤金祝家道很好，這是我看完了他帶來的《小說報》之後，他問我要不要繼續借閱，帶我到他家去挑選時才知道的。他的父母都是醫師，父親在一個偏遠鄉村做衛生所主任，母親則是在鎮內的一家醫院做專科醫師，家住在鎮上一條很幽靜的街上，是租來的，尤金祝說他們老家在礁溪。他們租的房子是一幢兩層樓房的二樓，挑高很高，窗明几淨的，讓人看了就歡喜。尤金祝的母親十分和藹，看到她兒子的同學都笑容相待，還常常拿食物給我們吃。尤金祝有一個哥哥，兩個妹妹，混熟了後，都對我親切。他哥哥名叫尤金祿，在宜蘭省中讀高中，長得十分娟秀，比較像個女孩子，他有項絕技是畫肖像，他喜歡在很小的素描本子上用特殊的沾水鋼筆畫電影明星，他畫的明星大多我不認識，少數認得的男的有洛赫遜、馬龍白蘭度、詹姆斯狄恩等，女的有伊麗莎白泰勒、奧黛麗赫本等，都畫得唯妙唯肖，有一次他送了我張，是畫日本影星石原裕次郎的，我不喜歡石原裕次郎的那口亂牙，表示更喜歡那張詹姆斯狄恩，他說那張他已答應送給別人了，以後會再畫一張送我，但從此就沒有下文。他哥哥已經是高中生了，有天竟穿著成套質料考究的童軍制服，右胸中國童子軍的符號上面還縫了面小國旗，據說那國旗徽章是有榮幸出國的人才有權佩帶的，尤金祝告訴我說，他哥哥要代表國家到日本參加世界童子軍的活動，那時候出國對所有人來說都是天方夜譚，他們家的小孩竟能到日本去，那要花多少錢呀！光是這消息就令人目眩神移了，可見他家境之好。

但尤金祝一點也沒有富家子的壞習氣，包括驕傲與浪費，他很謙虛，待人以誠，有時候會出手闊綽些，但買來東西都能與人共享，從來不會自私自利。富家人有種特殊的氣度，就是雍容，雍容的特徵是做所有的事都顯得不疾不徐，這是我在尤金祝身上看到的。但尤金祝的成績並不很好，他的數學老是不及格，英文成績也不理想，倒是國文還不錯，我們的導師也是國文老師對他就很是欣賞，甚至有些寵愛，常叫他做令我們羨慕的事，譬如到辦公室拿教具，幫老師整理私人物品等，老師爲什麼獨對他好，我們包括尤金祝本人起初也不明就裡。我們的導師叫王繼堯，名字就有聖人的味道，他口才極好，瘦得像個癆病鬼似的，但聲如洪鐘，氣如奔雷，除了上課外，他喜歡在放學後留學生下來訓話，他能把所有平凡的事說成神聖，小道理說成大道理，他上下古今的在台上說得口沫橫飛，但台下的同學都緊張得不得了，住在三星及利澤簡的同學趕不上末班車就得走路回家。王老師極爲注重學生傳統文化及道德教育，他請善於書法的何士謙老師寫了許多長型的條幅，高懸在教室四壁，上面都是從《大學》《中庸》裡選出的格言，要我們全背熟了再換新的，教室掛滿了長條寫滿了黑字的白紙，簡直跟靈堂沒有兩樣。後來這位老是標榜要「爲往聖繼絕學」的老師，下學期卻不知何故就沒來上課了，代課的老師也姓王，是他的堂弟，同學都很高興，一方面從此不用放學後還留下來聽訓，一方面苦風悽雨的靈堂又恢復成歡樂的教室了。過了約莫幾個月，我們終於知了其中的秘辛，原來我們的老師搞上了我們同校的一個初三女生，女生的家裡到學校來鬧，但女生已經有喜，再鬧也不是辦法，老師只有草草辭職成家去了。對我而言這件事更有諷刺性，原來那位女生是我小學的同班同學，她之高我一班，是因爲我留級的緣故，想不到我以前的同學，頃刻之間已變成我的師母了。

這事對尤金祝形了成傷害，王繼堯對他寵愛有加，竟成了他後來被取笑諷刺甚至於責罵的理由，尤金祝雖然生長優渥，但不善言詞，面對無禮的對待，完全沒有招架之力，更談不上反擊，情急之下只有暗自飲泣的份。後來他初中畢業改讀他校，這可能是最主要的理由。隔了幾年，有一次尤金祝告訴我，說遠在初二上學期，就在王繼堯天天跟我們宣揚聖賢之道時事情就發生了，王繼堯曾向尤金祝家「調」過錢，不過都被尤的家人婉拒了。這件醜聞對我造成的衝擊與影響更大，我到讀高中時，對傳統中國文化很是瞧不起，我認爲儒家講的道德是虛假的，中國的所以落後，是由那些可恥與虛僞的教條所造成，五四時代的某些文化人說「中國不亡，斷無天理」，這句話深契我心，這當然跟我當時也讀了很多胡適的文章有關，但胡適之能影響我，是因爲我心裡面原有這種傾向，這裡面王繼堯的作用是最大的，他的行爲讓我認爲所有的道德都是虛僞。我後來大學讀了中文系，畢業後又讀了大量的中國傳統典籍，後來又有幸講學上庠，才知道中國最大的道德其實就是誠實，《中庸》說：「誠者物之終始，不誠無物」，就是這個道理。然而體會這個眞理，耗費了我大半輩子的時間與精力，我在文化選擇的路上摸索前進，不知走了多少曲折迂迴的冤枉路，我如果沒有那個諷刺的經驗，豈不是更好嗎？

現在轉回來說尤金祝。尤金祝高中到宜蘭去讀宜蘭省中，他行事看起來有些溫吞，但心思還算細密，對於人生世事，也有特殊的體悟，加上文筆不錯，終於成了個寫現代詩的詩人。他又結識了一位救國團刊物的主編，那位主編常請他幫忙校稿編輯，尤金祝這人就是這樣，看起來有點漫不經心，但一發起癡來，也不計後果的全身投入。他在編輯事務上花了太多心力，又因那位主編而認識了許多詩人文學家，整天周旋在那群瘋瘋癲癲的人物之間，結果耽誤了學業，高中畢業並沒考上任何大學。他在救國團的交往其實是直線進行的，他只與那位主編要好，其他人表面熱絡，但都是假象，不巧的是那位主編不久又意外死亡，他不但沒有如願的繼承了主編位置，反而被人用卑劣的手段逐出了救國團，他善良又老實，根本沒反抗的力量，只有乖乖走人。他後來就到台北去尋求發展了。

我奇怪他富裕的家境，對他後來的出路似乎一無幫助。我讀大學的時候，有時會在某些文藝場所見到他，但很少有長談的機會，他似乎還在文藝界混，卻也沒混出什麼名堂來，我想他的家人對他當時的處境是深不以爲然的。不久後聽說他去參加警察的考試，考上後去做警察了。對於他而言，那眞是個完全不搭調的職業呀，他怎會去「屈就」呢？後來我終於弄懂，他做的還不是一般的警察，而是專管監獄的法警，成天跟囚犯在一起，這樣說來就更不搭調了。又隔了一段時間，他離開了「法界」，原因傳說是他在監獄販賣高價的香菸給囚犯，被「人贓俱獲」的逮到，結果自己由管人犯的人成了被關的犯人，人間的戲劇，再也沒有比他演出的那齣更驚悚又離奇的了。

他意志不堅，個性軟弱，他一定犯了錯，但他不夠狡猾，所以別人都逃了，只有他被逮。也有可能是他犯了一點小錯而別人又嫁禍給他，終於變成了大錯，要是這樣，就更爲悲哀了。就這樣過了十年或者更久，我終於才有機會見到他。他已從獄中出來，有了新的工作，在一個文藝基金會之類的機構當秘書，那個基金會在我任教的學校附近。我問他待遇，他說差得不得了，一個月只有兩萬元，他早已結婚，太太雖然有工作，收入也有限，孩子在念高中，家計很是不好，待遇不高，但多少能貼補家用，總比沒有的好，這是他的話。有一天我在等公車，看見他從我旁邊走過，陽光明亮，把他底層的白髮完全照出來了，原來他滿頭烏絲，全是染出來的，我當時心中一緊，暗中說好友，要多保重呀。

他還是保持對文藝的關切，隨時閱讀書籍刊物，我偶爾在報上發表文章，他表示都看到了，而且對我還讚譽有加。我記得初二時他借我的《小說報》，開啓了我親近文學的機會，我不知道在他那兒借了多少本《小說報》，但此後兩年中，我把世面上能看的中文小說，看得幾乎一本不剩，有的是文藝氣息很重的，如張漱菡的《意難忘》、師範的《沒有走完的路》、趙滋蕃的《半下流社會》等，有的沒有什麼文藝腔，敘述故事沉著痛快，我對這類的書更是欣賞，正好尤金祝家樓下騎樓邊有家租書店，我每次到尤家還書，都會到這家租書店逛逛。這家租書店老板心腸很好，書借出門是要收費的，但在店裡看就不必拿錢，我就在他店裡站著看完了費蒙寫的大堆頭描寫間諜鬥智的小說《賭國仇城》及《情報販子》等，我看完這幾部書之後，竟覺得自己眼界始闊，智慧大開，到處尋找冒險又情境詭譎的書來看，後來找到一部翻譯書，便是大仲馬的《基督山恩仇錄》，這本書波瀾起伏，其中穿插冤獄與報仇的情節，過程驚心動魄又勝過了《賭國仇城》。我從讀過《基督山恩仇錄》之後，才知道外國人寫的小說，比當代中國人寫的小說更「深刻」些，自此就沉醉在法國與舊俄的小說之中，大量的閱讀，是在上了高中之後。

飲水思源，該感謝的自然是尤金祝，他不知道他少年時一次無意施展出來的同情，對我有如此重大的意義。我後來沒跟他連絡了好一陣子，他終於離開了那基金會，那是我路過基金會進去找他才知道的。後來我打電話到他家，他說孩子大學畢業了，找到份能糊口的工作，自己就辭職不幹了。自從法警事件後，我不敢多問他的事，怕不小心總會刺痛他。在對話中知道他父親早過世了，母親老了，與一個未出嫁的妹妹住在鄉下，經濟條件也不是很好，我問他那會畫畫的哥哥怎麼了，他說他已定居美國三十年，很少回來。

有一天我突然看到一幅書法條幅，書法家用隸書寫著唐代的詩人韋應物的一首五絕，詩題是〈秋夜寄丘員外〉，詩中說：

懷君屬秋夜，
散步詠涼天。
空山松子落，
幽人應未眠。

當我讀到「空山松子落」的時候，心中想起生命中經歷過的一些細瑣的往事與人物，特別是少年時在宜蘭鄉下的同學們，像尤金祝這類的。我的這群同學都是台灣社會芸芸眾生中的一部分，一生平凡，默默無聞，很少有特殊成就，他們存在於世，有點像深谷中的花開花落，無人關懷，無人知曉，但對那棵寂寞的花而言，那短暫的開落卻是它眞實的一生。空山松子落，不只是一顆，而是數也數不清的松子從樹上落下，有的落在石頭上，有的落在草葉上，有的落在溪澗中，但從來沒人會看到，也沒人會聽到，因爲那是一座空山。啊，多麼豪奢的一場墜落！

「空山松子落，幽人應未眠」，我反覆唸著這兩句。尤金祝也許跟我一樣，常常會晚睡的，我決定等再晚一點打電話給他，只問問他近來好嗎，其他的事，就不談也罷。

姚青山的情史

暑假我從外地旅行回來，一次宴會，聽周圍的友人說姚青山住進專門照顧失智老人的安養中心了，我驚訝的連問是眞的嗎，答案十分明確，我又問是哪裡的安養中心，卻沒人能說得詳細。據說是他孩子送去的，再沒人眞的見過他。他事實已失智七八年了，後來越來越嚴重，已到行走坐臥都不能自理的地步，「這樣的情況，也只有如此處理吧？」座上的一位友人說。

我想起我與他的關係，在座的沒有一個人會比我更深的，他們其中有些只是他後來在中學任教時的同事，有幾個曾作過他的「牌友」，一度相處甚密，但據說他後來已不太能打牌，自己不會算番，眼見人家贏了，就會與人翻臉，有次還掀人桌子，此後就沒人跟他玩牌了。他們與他生活相契過，但對他的了解僅是泛泛，他從學校退休後，他們與他連泛泛之交也沒了，不像我與姚青山，我們是少年時代的同學。我們初中就同校了，但不同班，到了高中我們就同班了，而且從此同班三年直到畢業。我與他初中雖不同班，但他大名鼎鼎，學校上下對他是無不相識的，他因初一就留級而且一留就留了兩年，別人初中只要讀三年，他老兄硬是混了五年，校園有此老油條要人不識也難。其實他並不是連留級了兩年，而是除了留級之外他又「休學」了一年，問他為什麼休學，嚴格說來也算不上是休學，休學要辦手續，他根本沒辦任何手續，就是發懶沒去上學，到家人發現他沒去上學，把他打了一頓，帶他到學校，但已開學一個多月，已錯過了註冊期限，就只好在家「休息」了，幸好初中還沒當兵的問題。等他家人知道他所以發懶是因為留級的緣故，又結結實實的修理了他一次。他在家裡把刑期混滿，一年後到學校註冊仍然從初一念起，可憐他以前的同學都已經讀初三了，他還得與沒開竅的小鬼搞在一塊，眞是情何以堪。好在他有一個朋友跟他一樣的遭遇，也是留級後先「休息」了一年，休滿又重讀一年，幾乎每天都與他走在一起。

他的這位難友名叫林百偉，大家原來用台語叫他「兩百尾」，後來「兩百尾」不知怎麼的變成「兩百仔」了，這「兩百仔」有時叫快了就成了「你爸」，明明說林百偉兩百仔來了，聽起來竟是「你爸來了」，無意中讓兩百仔賺到便宜，但兩百仔天生憨憨的，也沒有得意的表情，大家就不以為忤的這樣叫下去了。兩百仔跟姚青山都住在二結，兩百仔的父親在二結的紙廠做事，姚青山的父母住在山地大同鄉，哥哥在二結街上開電器行，姚青山就跟哥哥住在一起，這純是為了讀書方便，但哥哥嫂嫂做生意忙碌，對於他就疏於管教，這是他留級了很久家人才發現的理由。後來據姚青山告訴我，他在初一留級，完全是因為沉迷武俠小說的緣故，而兩百仔則是完全不會讀書，照姚青山的說法，他留級是疏忽，兩百仔的留級則是「罪有應得」。他們倆住在同一地方又同時留級，出入一起是自然的事，姚青山比兩百仔飽讀詩書又諳於世故，他們做事一向由姚青山作主。留級後姚青山跟兩百仔說，學校如此可恨，我們不如上山習武吧，兩百仔就說好啊，這時姚青山看見他家西北方山上有祥雲飄浮，斷定上面必有仙人，就帶著幾個飯糰，與兩百仔二人坐了一段火車，在礁溪附近找到九股山，飄然入山「尋道」去了。

結果當然可以想像，他們吃完所有的飯糰，帶著滿身蚊子包回家。有這次經驗，並沒有影響姚青山對武俠小說的嗜好，他走到哪裡，總是帶武俠小說到那裡，每天上學，書包裡必定裝滿夠一天消化的「糧草」。他初二時騎了腳踏車來學校，邊騎車邊看武俠小說，不小心摔到陰溝裡，把車子摔得稀爛，身體倒好，只有點皮肉傷，但他的一雙深度近視眼鏡摔破了一眼，左眼摔出一條深深的裂痕。他把所有的錢都拿去租武俠小說了，當然沒錢去換眼鏡，他就戴著這副破了一眼的眼鏡，從初二戴到初三，成了學校特殊的風景，他也因此成爲一個遠近馳名的人物了。

我們所在的地方，是個如假包換的小地方，在小地方很難產生英雄，但人類渴望英雄，這個眞理無須看過英國哲學家湯馬士・卡萊爾（Thomas Carlyle, 1795-1881）的名著《英雄與英雄崇拜》（*On Heroes, Hero-worship, and the Heroic in History*）也會知道。特殊人物與英雄人物的差別本來不大，在小地方，特殊人物就直接等同於英雄了。姚青山不很光彩的讀書經歷，與他有點癡呆又有點怪異的行逕，竟使他成了學校一部分人崇拜的對象，這是他也沒有料到的，崇拜他的尤其以女生爲多。

這使得他在情感事業上，無往不利，當然這是我們旁觀者的印象，他自己卻並不認爲如此。他後來高中跟我同班三年。高中只有我們那班是男女同班，我們班上有十六名女生，三十二名男生，女生數正好是男生的一半。他與班上的幾位「有名」的女生都很要好，所謂有名是指成績比較好又比較曉得裝扮的女孩，她們比一般女生要早熟又懂事些，當然發情了的男生對她們也會多些注意。那群時髦的女生，對一般男生都是愛理不理的，在她們眼中，班上男生又土又髒，很難入她們的「法眼」，在中學時代，同齡的男女生通常女生要比男生成熟得多，班上只有幾個懂時尚、會交際的男生才能偶爾跟她們打成一片。但姚青山跟女生混得好不是因爲他懂時尚，他對時尚一點也沒概念，倫巴、恰恰那些交際舞他都不會跳，女生不排斥他甚至喜歡他，是因爲他個人的風格。他做事漫不經心，因爲任性而常有忘我的舉措，有時候還會有點邋遢，後來我想他之所以得到女生青睞就是因爲他的這份孩子氣，正好提供女生施展母性溫柔的機會。他原本不知道，但終究發現這項秘密，因此而行事更有「風格」起來。

別看他只看武俠小說，他數學不論幾何、三角、代數都十分好，剛巧是青春期陷入意亂情迷的女生數學都不行，姚青山就成了她們課餘請教的對象。班上一個名叫白莉莉的外省女生，家庭環境不錯，住在高級檜木建成的日式大房子裡，姚青山被「延攬」到她家裡幫一群女生補數學，有時補習太晚了，姚青山回不了他二結的家，就在白莉莉的客廳榻榻米上睡。有天晚上我被班上的一個叫史柏一的男生帶到白莉莉的家，結果熱鬧的情況令人瞠目結舌，姚青山被幾個女生圍在中間，她們都穿著家居的便服，桌上攤著的是數學作業，但嘴裡說的都是張家長李家短嚼舌根的事，還有人在抽菸，零食堆滿一地，到處是紙屑果殼，進入耳朵是東一句「死姚青山」、西一句「死姚青山」的，哪裡在溫習功課？奇怪的是白莉莉的家人好像根本也不管，任她家的客廳變成皇帝淫亂的後宮！而當皇帝的自然是姚青山啦。

這情況雖然受其他男生豔羨，但據姚青山說對他的感情生活並沒有幫助，因為一堆人對自己好，自己就要注意，不得對其中一個人有特別的感情，要分外小心的讓大家都「雨露同沾」，否則就容易激起眾怒，到時候就有罪受了，這是他周旋在女人堆中的真實體驗。其次姚青山曾告訴我，他喜歡的女孩子根本不在其中，他喜歡一個名叫蔡菱妃的女孩，那女孩不但不是同班的女生，還是在別的學校讀書的。有一次姚青山跟我一起走，在一座橋上，他指著溪對岸的一個女生說她就是蔡菱妃，我看是個瘦瘦的只是面孔還算清秀的女孩，我問他追了她嗎，他說寫了幾封信，連個回音也沒有，恐怕一點希望也不會有的。姚青山雖然對班上的女生一呼百應，但蔡菱妃在他的「治權」之外，不見得要理他，原來做皇帝也有受困的時候。

姚青山在女人堆中過完高中三年，畢業了，竟然以我們之中的最高分考上首善大學的中文系。他數學好為什麼沒讀數學或物理之類的科系呢？據他說也是女人的緣故。「你看理工學院女生少不說，又都醜得不得了，」有次他說：「同樣文學院，外文系女生刁鑽，歷史系女生呆板，中文系女生雖不怎麼聰明，但比較清純可愛。」他在中文系待了四年，是不是也在溫柔鄉度過的，因爲我們不同校，我並不十分清楚，但他畢業後當完一年兵回來，不久就跟他同班的一個女生結婚了。女生是香港僑生，家道很好，這場婚姻，對她而言算是「下嫁」，但姚青山個性隨和，語言詼諧有趣，新婚夫人賢淑端雅，彼此又是同學，從任何角度看，都是登對得很的婚姻。

姚青山結婚後考進一家日商公司，那家公司規模很大，在所有的錄取者中，姚青山是唯一從中文系畢業的，公司給他的工作是負責編輯公司的刊物。編刊物須要約稿，這使得他有機會與一些文士交往，他自己也開始寫作，寫了幾篇小說，用筆名在報上發表，他的身分突然變成編輯與作家了。公司給他的開銷額度很大，他手頭就變得很鬆，可以偶爾公私不分的亂花錢。他後來認識一個有點文藝腔的高職女生，據說也寫些詩或者散文之類的，幾次會面後竟然墮入愛河。不久這事竟讓他賢淑端雅的夫人知道了，帶著剛出生不久的小女兒來找我，要我幫她主持公道。

男女的事情不要說朋友管不上，連父母有時也管不上的，因爲那是情感，而非理智，不是說理就能解決。我當然盡全力「調停」，希望他能回頭是岸，理由之一是他女友與夫人比較，不論才學能力甚至美貌都瞠乎其後，這種說法當然沒用，他的家人知道後包括父母兄嫂都來勸阻，女生家人甚至動用威脅。但處理這種感情的事最好不要讓那對男女陷入孤立，讓他們必須更緊密的用擁抱來對抗外侮，把他們逼入死角，只有使他們更有機會孤注一擲。不幸是我們不論是柔性的勸說與強性的逼迫，都讓他們更堅定的選擇了極端，姚青山終於把有豐厚待遇的工作丟了，把妻子與剛在學語的女兒也扔下，帶著他那高職剛畢業好像什麼事也不懂的小情人跑了。

以後幾年我成了他們幾個家庭彼此連絡的唯一中心點，他與小情人走投無路時還尋求我的接濟，但他對戀情很堅定，似乎沒有動搖的機會。他的妻子後來被迫選擇放棄這場婚姻，事情還鬧到法院，她很可憐，在台灣沒有朋友，只有由我陪她去處理所有細瑣與難堪的事務。她在了結了這場婚姻之後就回香港去了，帶著女兒永遠離開了這塊傷心地。

對姚青山而言，他獲得了祈求已久的幸福，他與小情人終於結成了連理，婚後在東部的一所中學任教，生活悠閒又愉快，而且連續生下三個孩子，一女兩男，聽起來就幸福滿溢的樣子。我與他隔得很遠，平常沒事很少連絡，偶爾一次見面，發現已過了十年或者更久了。

姚青山在東部教了十幾年書，後來因故調到北部來，我們就有見面的機會。想不到此刻的他精神恍惚，嘴裡會偶爾蹦出一些莫名其妙的話來，而且他喜歡喝酒，他飲酒時常常故做豪壯，動不動找人乾杯，自己倒了就要賴，總要別人服侍他，周圍的人對他迭有煩言。後來我終於知道他的婚姻表面熱鬧，彼此都用最親密甚至肉麻的方式叫喊對方，但裡面不完全是這麼回事。據說他經常作噩夢，在夢中大叫已離開他的大女兒的名字。他繼續在報上寫小說，而且出了小說集，吸引了一些女性讀者與他通信，其中也鬧過幾場涉及感情的事。而我有次聽他說，他的夫人也有新的戀情，對象竟然是他在東部教過的學生，事情發生得很突然，他無法面對，只好用酒精麻醉自己。

轉到北部工作，應該會變得好些，但玻璃一有裂痕就不可能消失，他們的衝突有時不顧情面的暴發，他繼續用沉淪來遺忘，除了酗酒，賭博是另種沉淪的方式。然而該來的終究還是要來，他最後只有再用離婚來收場，三個孩子由他監護。女的離婚後隨即與他以前的學生結婚，但不是原來的那個男生，而是另一個也稱過她師母的人。

姚青山罹此果報，任人聽了都會不勝欷歔，但還沒完結呢。二度離婚的他沒能從陰影裡逃出來，他在一個私立中學教書，第二次婚姻給他的諷刺「效果」，是使他無法再信任學生，老實說他無法再從事教育這個行業了。然而他除此之外沒有謀生的能力，三個孩子還要他養，生活所逼，他只有心不甘情不願的繼續在學校待下去。學校當然也知道這個問題，但他不主動辭職也不好辭退他，學校畢竟是個有人情味的地方，校方只好各方設法，讓他去教一些不重要的科目。這樣又是幾年過去，他竟然又認識了一個女人，這個女人跟我熟悉的圈子沒有瓜葛，我因從未見過她，無法形容她的模樣，他們又很快的論及婚嫁。這次婚姻，他並沒徵詢我的意見，他從第二次婚姻失敗後，就刻意不與我們這群老友連絡，我知道遺忘是使他向前的唯一好方法，對他即將展開的幸福只有默默的祝福，他找不找我，我不以爲意，但一次我遇見他少年最好的朋友兩百仔，兩百仔剛剛丟掉工作，心裡已經很不舒服，他聽到姚青山的消息後義憤塡膺的說：「還算朋友呢，我眞看錯他了！」

正在學期中，婚假只有一星期，聽說他帶新婚夫人去度了一周的「蜜月」。蜜月度完，匆匆回家，回家天色已晚，兩人到夜市去吃消夜，吃完過馬路，被一架疾馳而過的汽車撞飛了，肇事的汽車逃逸，女的當場被撞死，姚青山被撞昏，在醫院昏死了幾天才醒來。我知道消息很晚，去看他時，他已經曉得用嘲諷來看待自己的一切，眼前的事令我陷入茫然，我不知道要說什麼才好。

長久的酗酒與噩夢，已摧毀了他的意志，他變得沒有目標。課還是去上，只要一放假，就騎著他的破摩托車，漫無目的的亂跑，人曬得像黑炭一般。有次開高中同學會，他騎著車到宜蘭去參加，他說他已經繞行台灣七次以上了，大家不怎麼相信。他記憶壞得很，連老朋友也忘了，說話顛三倒四的，一次見到邱坤木說：「坤木仔，你叫什麼名字？」令人哭笑不得。

姚青山長得有些怪，他瘦瘦高高的，戴著深度近視眼鏡，表面弱不禁風，其實肌肉精壯，在高中還是班上長跑選手呢。他還有一個長下巴，跟李登輝長得很像，這在相學上是上壽之徵，想不到才在這個年紀，竟因失智而住進安養院，我在宴會上聽到這個消息，即使有非凡的食慾也無法下嚥了。他的幾個孩子都與我疏遠，從來沒跟我連絡過，幾年前姚青山退休，我打電話去問學校給的退休金有無短缺的事，是孩子接的，對我講話很沒禮貌，我心情就很壞，姚青山的事我既管不著，也懶得再管下一輩人的事了。

只是一個晚上，午夜夢回，我想起姚青山的一生，也想起一些與他有關的女人，他眞是個情場閱歷豐富的人呢。有些女人跟他玩笑了一陣子，有的跟他結縭過，這些情緣，照宗教的說法，都是在生命發端的時候就注定了，當然人不是沒有選擇的機會，善緣可以維持，惡緣可以避免，這需要理念與意志，有時意志是可以改變命運的。但不巧姚青山雖然聰明，卻理念薄弱，意志則更爲游移，女人爲他帶來的幸福固然有，而不幸卻似乎更多，我當時想，參與「構築」姚青山命運的那些女人，也都一個個年華老去了吧。我特別想起我們中學時代，一天姚青山與我站在橋上，他指著小溪對岸一個瘦瘦的女孩說她就是蔡菱妃，那是一個他想念過卻從未追上的女孩，現在也該是當祖母的年紀了呢。唉，人世變幻無常，不知道此刻的蔡菱妃到底怎麼樣了？

紫荊花

台灣人習慣把紫荊叫成羊蹄甲，大約是因爲紫荊葉子的形狀像羊蹄一般吧。紫荊長得很快，作爲路樹，不要幾年就嘉樹成蔭了，但因木質不夠緊密，遇風很易折斷，颱風過後，十分狼狽，市裡原有幾條路是種紫荊的，後來都紛紛改種它樹了。

紫荊一年有兩次花季，一次在陽曆三、四月，一次在九、十月之際，花季時，一朵朵看起來像蘭花的粉紫色的花開滿樹巔，自有特殊風姿，但車道上成片的落花被汽車輾過，弄到路面盡是花屍與汁液，也顯得邋遢不堪。

二十六年前，台北榮民總醫院大門前的路邊就是種著這種樹的，那年三、四月之際，我曾看過它們盛開的模樣，但當時的心情低沉，無意欣賞，因爲我剛在醫院病榻邊，送走了一位從小就熟識的友人。

那位友人是女性，她姓翟，有一個亮晶晶的正式名字，但跟她熟的人都叫她小名毛毛，叫久了，就忘了她有正式名字了。毛毛跟我同住在一個名叫康定新村的眷區裡，與她不同的是我的身分比較尷尬。我是「依附」在軍眷的姐姐名下，我與母親加另外兩個姐妹雖住在眷區，只能算是個「黑戶」，因爲我們與姐姐的關係是「旁系親屬」，是沒有任何配給的。而毛毛的父親是個管軍需的軍官，她們家是個名副其實的軍眷，享有軍眷的所有福利，加上她一家只有三人，與我家進項有限但食指浩繁完全不同，從生活程度上言，她的家居比起我們來，應該像是如古人說的「生長優渥，頗事豪華」了。

不過家庭不論人多人少，當時的生活都只能說是艱苦，如果硬要區別，只能用大艱苦與小艱苦來形容罷了。我與毛毛雖然從小認識，因爲她是女生，我們住得近卻很少往來，直到讀高中，她比我低一級，高中部學生少，在學校就有機會接觸，但談不上熱絡，我們都把彼此當作熟識的一般鄰居來看待。

後來我考上大學，到台北讀書，隔年她考上了一所當時還是專收女生的專科學校，讀的像是會統科之類的。從我的學校到她的學校要轉三趟公車，而實際的距離並不遠，她的學校正好在我學校的後面，有一座不算高的山隔著。有一次我們約好由我翻過山去找她，之後我們的往來就比在故居小鎮要稠密些了，但也只不過是幾個月見一次面而已。

到我讀大三的時候，她也二年級了，我們偶爾相約到台北城裡去看一場電影。當時台北電影院分首輪與二輪，演首輪片的電影院票貴，我們當然看不起，只有專挑二輪的戲院看。二輪戲院以新南陽戲院與東南亞戲院爲最受歡迎，它們專演洋片，而且票價便宜。新南陽就在現在台北的南陽街上，與火車站與公車總站最近，而東南亞在台大附近，在當時還屬郊區，所以我們相約，多數在新南陽戲院。

看完電影如果還有時間，我們也偶爾會到附近冰果室吃碗冰或是喝杯冷飲，一次吃冰時她問我知不知道有一個名叫蕭斯塔高維契的作曲家。我那時喜歡西方古典音樂，但音樂素養不足，聽音樂受制於環境，純是打游擊的方式，抓到什麼聽什麼，聽的大多是浪漫派前後的作品，連古典派的巴哈、韓德爾等的作品都很少有機會聽到，更不要說屬於二十世紀現代派的蕭斯塔高維契了。我問她怎麼會知道有這號人物的，她含糊帶過，我當時也不以爲意。

寒假回鄉，有一天外面下著大雨，她竟然帶著一張翻版的膠製唱片來找我。我到台北讀書的時候，姐姐家添置了座可以放唱片的唱機，當時的唱機上附有收音機，平時多用來收聽廣播。她問我能不能放她帶來的唱片，我說好，我把唱片從封套中取出，原來就是蕭斯塔高維契的第五號d小調交響曲。這是蕭斯塔高維契最被稱道又最常被演出的曲子，但竟是我第一次聽到。這首交響樂與我聽慣的浪漫派的交響曲有很大的不同，不同的地方在於直接。蕭斯塔高維契似乎不作任何醞釀，不推三阻四扭捏作態，第一個主題一開始就全裸的、開天闢地式的推出來，彷彿一切都因爲堂堂正正所以不作任何閃躲似的。他還喜歡讓許多樂部用齊奏的方式演奏同樣的旋律，有些地方，確實如「豪華落盡見眞淳」般的簡捷有力，把穆梭斯基、雷姆斯基—哥薩科夫以降舊俄作曲家最擅長的交響樂配器法完全打亂了。有的地方顯得不很和諧，但他不在乎，他完全不遵守古典以來的和聲對位技巧，總是信心滿滿，單刀直入的，而這些部分卻都摧枯拉朽的有讓人望風披靡之勢。

聽完唱片，我問她怎會對蕭斯塔高維契發生了興趣，她說是一位友人推薦的，再問下去，終於知道她有位心儀的男友，是學音樂的，當時在板橋的國立藝專讀書，我沒有打探其他的細節。後來她又帶來那張唱片，在我家的唱機上放了幾次。她聽音樂的時候，神情凝肅，每當第一樂章那個長笛的主題出現時，她眼睛就會閃出奇異的光輝，但因爲那個主題不長，那光輝一會兒就過去了，我知道她心裡有事。從此之後我對蕭斯塔高維契有了印象，不久我在朋友處又聽了他的第七號C大調題名是《列寧格勒》的交響曲，也是刀槍爭鳴的，大約描寫的同是蘇聯的十月革命，感覺與第五號差不太多。

寒假時因有地利之便，我「依例」與她到小鎮電影院去看了一兩場電影。過了一學期，暑假時我們在小鎮見面，再約她看電影，她就顯得不很痛快，一會兒說有事、一會兒說那電影她看過了。後來才知道，鄰里傳著一種說法，說我對她有「意思」，她在這種壓力之下，只好不再與我出入公共場所了。當時小鎮的風氣很閉塞，男女一起到電影院看了場電影，就等於向鎮民宣告他們已經訂婚了，如不是夫妻，男女共乘一輛三輪車也會招人物議的。我大學畢業服完兵役，又到外地教了兩年書，之後就與我的女友結婚了，她不久也結婚。有一次我們見面，我問她當時我們在台北可以看電影，為什麼在小鎮不可，她說大城市比較自由，在這裡卻是人言可畏呀！

她結婚的對象並不是那個學音樂的男孩，而是一個工專畢業看起來很老實的男人，似乎有一點僑生的背景，但到底僑居地在哪裡我並不清楚。婚後我們中斷了連繫，隔了幾年，兩個家庭都各有兩個子女了，猛見到真有杜詩「昔別君未婚，兒女忽成行」的感慨。

一次我們互道幾年來的經歷，說起來，我比她「平穩」一些，我一直在學校打轉，而她的遭遇就豐富多了。她畢業後曾做過地方銀行的業務員，起初是實習的性質，因為她讀的是會統科，但她說她只把「實習」的資歷塡滿就離職了。我問她原因，她說地方的銀行省籍意識很強，對外雖然可以說國語，而內部一切都要以台語交談，她會說一些台語，但到底不夠流利，不久就受到抵制。再加上當時銀行對女性也不公平，結婚受種種限制之外，婚後懷孕就要無條件離職，銀行人事的「缺」還有，與她同職位的人大多數只是高職畢業，想要留下的話，以她的學歷沒大問題，但她沒有留下，儘管她家人希望她能保住這外人眼中的「金飯碗」。

她後來又到國中任教了一段時日，英文數學理化公民都教過，學校從上到下據她說都在「混」，沒有一個人是認眞的。她之跑到國中教書，是因為那所國中校長是我們初中時候的歷史老師，她是在校長的力邀之下而去教書的，過了幾年那位校長退休了，她也提出辭呈不幹了。

她後來結了婚，丈夫收入穩定，就不須出來工作，她原不是事業心重的人，又因為連生了兩個孩子，此後就以「家管」為主，不再過問「世事」。孩子慢慢長大，終於上小學了，平日家裡空蕩蕩的，就想再找個工作，這不是一般婦女的生活歷程嗎？她也不例外，她不知道依憑什麼機緣，我知道的時候，竟然成了個小委託行的老板娘了。

我無法眞正進入她的內心生活，否則就會跟她談談，爲什麼丟了那麼久之後又想要出來工作呢？何況選擇的是開店做生意。有一天她打電話給我，問我要如何挑選大提琴的事，原來她要她小兒子去學大提琴，我們相約見面，才知道她已經開店了。她的委託行設在信義路東門市場的一個角落裡，店面狹窄，櫥櫃後面僅容一人旋轉，人不在時，要拉下重重的鐵捲門，人在時，則更顯淒清，旁邊雖也有幾間相同的店面，然而四周更多的是賣蔥賣薑的攤販，店設在這裡，不像會有貴夫人光顧的樣子，我問她生意如何，她說還好。

我們往來，聊的多不是實際的問題，但一次她說了些心裡的話。她說她是個慵懶又不認眞的人，生活上只要能夠因循就因循下去，從來不求改變，她說在國中教書時全校上下個個鬼混，其實她自己也一樣，對不公平的事，她知道不公平，但從來不會主動抗爭，就是爲自己的福利，也從未努力的爭取過。她後來發現自己性格上的弱點，一度惱恨不已。她想她之因循苟且，主要是她總是依附在一個大團體中間，在這個團體裡，她就近朱則赤近墨則黑的與大家和光同塵，一點都沒有向上的意志了，一天她想如果脫離團體自己創業，在自負盈虧的壓力下，也許能改變這個積習，這是她經營委託行的「初衷」。我問她是不是有效？她笑著說好像精神振作不少呢。

我幾次到她在東門市場附近的住家，她丈夫上班兒子上學，見到的也只有她一人，我們的關係好像還是少年時代到對方的家裡串門子一樣。有一次我們相約在武昌街的明星咖啡館吃午餐，吃完想起讀書時衡陽路上那家以放古典音樂有名的田園咖啡廳還在營業，我建議進去坐坐，也許可以聽到些懷念的曲子。咖啡廳已改設在原址的二樓，我們拾級而上，推開玻璃門，裡面一片漆黑，領座小姐拿著小手電筒帶路，發現所有座位黑壓壓的都改成椅背極高的「情侶座」了，我們只有黯然退出。我們所在的是一個迅速改變的世界，而世界改變了後，有的我們還認得，有的我們已經全然陌生了。

有一次我問她，還在聽蕭斯塔高維契嗎？她笑著說早就沒聽了，連帶其他的音樂，也很少再聽。我告訴她因爲她的緣故，我後來聽過很多蕭斯塔高維契的唱片，我對他的交響曲興趣並不很大，但對他的弦樂四重奏及兩首大提琴協奏曲卻印象深刻。當我敘述我的聆樂經驗的時候，她只靜默的聽我說，並沒有答腔。後來我想通了，她對蕭斯塔高維契的興趣與喜愛，完全是因為一次愛戀而引起的，當愛戀不再，她的音樂熱情也跟著消退。我們哪能責怪世界呢？我們自己不是也在不停的改變嗎？

二十六年前的三月初，她打電話給我，我記得當時我在聽一張帕格尼尼的小提琴與吉他合奏的曲子，說她因久咳不癒，打算到榮總住院檢查，我想應無大礙吧，我邀她檢查完了後一起來欣賞這張新買的唱片，她說好。想不到四天後接到她丈夫的電話，要我到醫院一趟，我趕去才知道她得到肺癌，而且癌細胞已擴散到全身，已經沒辦法醫治了。我在那裡待了一整天，她時而清醒時而昏睡，醒時直叫痛，醫生趕來，只有注射嗎啡，其他一無辦法了。

住院整整一個禮拜，她就死了，一切顯得太突然而有點荒謬。她死時很安詳，就像一個人經過了疲累的一天後跌入夢鄉的樣子，由於住院時間不長，得知絕望的消息很晚，去世時好像沒有什麼病痛，身體還是胖胖的，臉上也還有血色。她過去的時候，我在她床邊，而她的丈夫與兩個兒子也在一旁，她的父母都來了，她的父親有點老人癡呆，坐在椅子上，已不曉得悲哀，母親則不斷搥打著她的父親，嘴裡不停的大叫：「啊，你說啊你說啊，我的命怎麼這麼苦呀！」

她死在下午，我走出榮總時正遇上日落，醫院大門前一排羊蹄甲都開滿了粉紫色的花，我從花下走過，腦中好像塞滿了回憶，又空空的像一無所有。我後悔以往每次見面，都是我說個不停，沒幾次好好聽她說話，否則對她的回憶就不該那麼少了。隔了幾年，膠製唱片的風潮過去，CD開始流行，一天我在唱片行買下了蕭斯塔高維契的十五首交響曲的一大套唱片，是Decca出的，由海汀克（Bernard Haitink）指揮阿姆斯特丹大會堂管弦樂團（Royal Concertgebouw Orchestra Amsterdam）與倫敦愛樂管弦樂團演奏的那個版本。我把那些唱片反覆的聽過好幾遍，終於還是覺得第五號最是動人心弦，尤其第一樂章笛聲響起的那一段。我想了又想，才知道那段音樂爲何那麼迷人，因爲樂聲中藏著一些年輕時候的自己，也藏著一些她的身影，然而那一切，都再也追不回來了。

瘋狗與紅猴

瘋狗與紅猴是我讀初中時兩位老師的綽號。那時學校的所有人，包括老師與同學幾乎都有綽號，叫人綽號，當然有一點輕視、戲謔的意思，同時也表示跟他有一層親密的關係，但不論輕視或親密都不嚴重，大部分只是開玩笑的性質。綽號通常是依人的特徵取的，譬如一個人頭大，就叫他「大頭仔」，一個人正陷入愛戀的煩惱中，就叫他「苦戀的」，有人腿長，就叫他「長腳」（閩南語唸作「駱咖」）或「電線桿仔」。初中時候一位語言乏味的地理老師，有次在課上興奮的問我們哪個海洋最美，我們根本不知道他爲什麼提出這樣的問題，一時之間沒人理他，他立刻公布答案是愛琴海，因爲愛琴與愛情「同音」（照他的讀法），他說能夠落入愛情海裡眞是美事一樁啊，說完自顧自的笑了起來，我們覺得他無聊，又因而知道他渴望愛情，從此就叫他「愛琴海」了。叫人綽號通常用閩南語叫，但叫「愛琴海」就得用國語。

瘋狗與紅猴都得用閩南語來叫。他們雖然位居師長，然而在一般人眼中其實地位甚低。瘋狗是我們的童軍教練，他姓黃，照理該叫他黃狗更爲順理成章，但在他人格特性中，瘋的特性要比黃的顏色重要多了，就叫他瘋狗了。用閩南語叫人瘋狗，不是講他瘋瘋癲癲的，而是指他表面瘋其實惡，會像瘋狗一般的亂咬一通，而且咬上人就不放。這位童軍教練沒有什麼「學歷」，光復的時候，大概有小學畢業的程度，光復後有沒有再讀書進修，也無案可查，他怎麼能「混」到初中教童子軍的，其實任是誰包括他自己都說不清楚，在那個混亂的時代，許多不可能都變得有可能。我記得我們在剛考上初中時就聽人警告，說這位童軍教練難纏，要我們一切小心。

學校不大，童子軍教練必須兼任童子軍團團長，又須兼任訓導處的管理組長。他不知道從哪裡取得權力，規定所有初中學生都必須加入童子軍，童軍服就變成所有初中學生的制服了。童子軍服很昂貴，對大多數學生家長都是不小的負擔，但沒有制服，連註冊都不可能通過，所以不論如何咬緊牙關也得準備。制服的顏色是卡其色，形式與軍裝有點像，學校請來服裝廠商爲大家套量的時候，家長都跟在一旁不斷碎碎的念，叮囑量衣服的人要盡量放大尺寸，最好能應付不斷「抽條」的小孩，讓一套制服能穿上三年直到初中畢業。

童軍服還不難準備，市面上也買得到，難以應付的在它的配件。首先是腰上的皮帶，必須有環狀扣式的皮帶頭，銅環上鑄有中國童子軍的字樣，圓扣上有童子軍軍徽，這是特製品，街上是買不到的。童子軍服右口袋上方須要縫上橫條藍底白字的中國童子軍符號，左胸口袋中央須縫上童子軍級別章，童軍分初級、中級、高級三種，底色與圖案各不相同。除此之外，左肩上還有肩章，是以絨布面繡上學校校名，左側邊緣又須縫上三色飄帶的小隊章。

這樣配備還不夠齊全。童子軍必須圍領巾，所謂領巾是大約八十公分見方的一大塊布，對角折成三角形，把這塊布「圈」在脖子上。據說當年貝登堡爵士創立童子軍，訓練少年野外求生技巧，大型的領巾其實是準備在受傷時當包紮布使用的。台灣地處炎熱，初中生又好動，要學生在脖子上圍上厚厚的領巾，其實很不「人道」，但當時沒人管，「團長」規定就是法令。我們學校男童軍的領巾是藍白兩色，女生是白底紅條，過了一年後，又把男生領巾改成深綠色，女生維持一樣，爲什麼男生要改女生不改，沒人知道原因，可能是「團長」腦筋急轉彎的結果吧。另外還須戴童軍帽，起初是船形帽，後來又改爲大盤帽，都是特殊的樣子，市面買不到的，只得由學校統一訂製，價錢自然不菲。後來有人說，這位團長光是規定初中學生買東買西所賺的錢，足以供他在家後面買幾分地了，但這是沒證據的指控，是不能當眞的。

對剛剛踏進初中的我們而言，新生訓練與開學典禮都盛大得出奇，校長照例要介紹學校的教師，只見那位團長配戴整齊的站立在舞台上，身上的各式徽章煥發著奇特光彩，眞像是閱兵台上的將軍，煒然如神人。所以我們小孩對這位團長的最初印象是既羨慕又崇拜的，不像家長一聽到他就皺眉。

然而當我們逐漸混熟了環境，也慢慢摸出了他的「底」之後，我們的態度也有了大改變。最顯著的是我們私底下不再叫他團長，而學高年級生用「瘋狗」來叫他了。瘋狗最大的問題是不學但「有術」，不學是指他完全沒學問，有術是指他神通廣大，能夠逆勢操作而使自己擁有宰制學生的一切權力。

他不學的例子實在太多。有次上童軍課，宣讀童子軍手冊，裡面有「慚愧」兩字，他竟然把它唸成「見鬼」，當時同學面面相覷，不知所措，後來像這樣「見鬼」的例子屢見不鮮，大家就見怪不怪了。上童軍操練時，他叫口令偶爾會把左右叫錯，要指揮全校的隊伍時，他更緊張，有一次我們發覺他叫口令前總會朝自己的手看一看，原來他在左右手掌上反寫了左右二字，這樣才保證不會出錯，我們恍然大悟，原來這位像大將軍一樣的人物，其智慧跟我們這群剛上初一的新生相去還有段距離呢，只過不了一兩個月，我們對他的崇拜，一點一滴的流失，最後蕩然無存了。

他如是個草包還好，問題是他欺善怕惡得太厲害。他每天一大早，一定站在校門口，表面上是維持上學秩序，事實是檢查學生的制服，小到皮帶符號肩章任何一項都不放過。他對學生的態度說是嚴格不如說是惡劣，服裝不整的人，經常受他指責詈罵，甚至拳打腳踢，而最嚴重的懲處都是用在對最低年級的弱小學生身上。挨他打的通常是初一生，挨罵的通常是初二生，初三生個子已長得高大了，他就會笑笑的警告對方，要他明天一定得穿戴好，但初三生明天依然故我，他也會睜隻眼閉隻眼，假裝一時疏忽沒有看見。

這樣的態度當然引起了眾怒，但當時社會風氣保守，即使眾怒也沒有宣洩的管道，衝突偶爾發生，最後總是不了了之。不過每當畢業典禮過後，學校教室靠稻田的那面玻璃，常會遭人整排擊碎，餘恨未消的破壞者還會在黑板上歪歪的寫著「瘋狗」兩字，表示這報復是衝著他而來。但這只是洩忿罷了，打破幾扇玻璃窗，算哪門子的英雄呢？學校所在的地方畢竟是小地方，鄉下孩子的見識跟氣度，更低淺得可憐。

再談談另外一位綽號叫紅猴的體育老師，他姓洪，因爲長得瘦，舉止頗類猿猴，大家就叫他紅猴。我們學校初中加高中總共才二十幾班，全校的體育就都由他一人包辦了。紅猴比瘋狗年長些，也是受日本教育長大的，他到底讀了什麼學校，拿過哪些文憑，也同樣不可考。他教體育兼管學校的體育衛生事務，地位跟瘋狗大致一樣高，體育衛生與學生生活有關，但眞正能「管」到學生的地方沒有管理組長的多，再加上他是個老實人，就算在體育課上很嚴厲，下了課就很隨和，所以一直沒與學生發生過太大的衝突。

但他教體育課，用的是斯巴達人訓練戰士的那一套辦法，就是苦練再加上苦練，打落牙齒和血吞，打斷脛骨顚倒勇（反而勇），卻沒想到我們根本不是戰士，甚至連運動員也不想幹，他面對我們，只有徒呼負負的份。當時地方還流行一種日據時代留下的激烈運動，便是橄欖球，打橄欖球時再野蠻不過，拉拖壓拽樣樣使得出，外行人看好像一無規則可言。所有運動遇雨都會停賽，唯獨橄欖球不但堅持要比賽下去，而且風雨愈大愈顯威風，他們叫那是「橄欖球精神」。打橄欖球傳球時必須向後方傳，球員打算把手中的球傳出去，就得奮力突破阻礙跑到前方，而敵方一看到你抱著球，就可以用一切方法把你絆倒，然後全隊鋪天蓋地式的把你壓在底下，你要打算在充滿敵意的釘鞋中穿越出去，不但要體力，還非要比敵人更爲凶狠野蠻不可。後來我在影片上看到美式足球賽，不只球的形狀相似，比賽的激烈程度也十分相近，然而打美式足球須裝備齊全，頭盔、肩架、護膝，一個也不能少，而我們小時看高中生或校外的成年人來學校打橄欖球，就穿著一般黑白相間的球服，所有護具都賦諸闕如，那樣在泥巴陣中廝殺對壘，哪裡是運動？簡直是玩命呀。

紅猴經常標榜我們學校的精神就是「橄欖球精神」，必須不怕苦不怕難甚至不怕死才行，到底這是誰這麼規定的？爲什麼要這麼規定？他並沒講清楚，我們也一頭霧水，好在他自己是老骨頭，早已不能打橄欖球了，而學校設備有限，也不容我們打這種球，所以那精神只高掛在紅猴的口上，對我們並沒有造成實質的影響。但紅猴服膺吃苦受難的理想，他的體育課其實是理想的延伸，他想盡一切辦法來折磨我們，最後想到，克難時代最好折磨人的方法是跑步，學校不要添一毛錢的設備，學生都可以全讓他給磨成七葷八素了。

他上全校的體育課，表面看負擔很重，其實是輕鬆得很，原因是他上課，只要班長帶大家做一下子體操，然後就叫全員排成一路縱隊繞學校操場跑步，他一個人站在中央，有時叫大家跑快些，有時一語不發的什麼事也不做，涼得不得了。我們讀高中的時候，他更突發奇想，要同學跑到外頭去。當時校外有兩個地點，一個近一點的叫清水溝，一個遠一點的叫歪仔歪，都在同一條鄉村道路上，他規定女生跑到清水溝，而男生必須跑到歪仔歪再回來，他算好時間，不論男生女生如何奮力，來回一趟必須一個小時。由於他自己不跟著跑，這樣日久頑生，很多男生根本不跑到歪仔歪，只跑到清水溝就隨著女生輕鬆折返，這事後來他知道了，就想出法子來治我們。歪仔歪有條通往太平山的鐵路，他規定我們跑到那裡，必須用手摸些鐵路的鐵鏽回來給他看，手上沒鐵鏽的要受到更大的責罰，譬如放學後留下來繼續跑操場，或者「承包」廁所洗滌工程，他是有這項權力的，因爲他也是學校體育衛生組長，是全校廁所的最高主管呢。

瘋狗與紅猴，雖然沒人太瞧得起，但他們兩人，與我們學校生活息息相關，所以畢業多年後，有些老師早已忘了，而他們兩位是終生不會忘的。高中時，我們仍上他的體育課，他的跑步要求當然不受歡迎，但高中學生比較油條，再嚴格的規定也有應付之道，他也知道學生是陽奉陰違，不戳破彼此都好看些，所以偶有衝突，但從未釀成大禍，不像瘋狗，每逢畢業前後，都要提心吊膽的，深怕有仇家攔路給他難看。

在我讀中學時，像這樣的教師其實還有，瘋狗與紅猴，只是校園眾生相中的兩個罷了。被他們逼上頭來，當然令人不快，有力氣的話還眞想與之理論一番，然而想想還是算了，嚴格說來他們都是與我們不同時代的人物，再加上他們受的教育有限，他們即使想跟上時代，也有調適的困難，從這個角度來看，他們可惡的性格中其實帶有更多的可憐成分。

我上高中的時候，正好與瘋狗的弟弟同班，我們相處得還好，我因而有機會常到他們的家，幾次在那裡看到瘋狗，倒也一片客氣的，沒有什麼異樣。有一次我到他們家，正是黃昏時分，我看到瘋狗一人在院子扇著一個火爐，爐上一隻鍋子好像在燉煮著什麼，房裡面傳來不斷的女性詈罵聲，隨之而來的又是東西被拋擲落地的響聲，簡直亂成一團。我問我同學發生了什麼，才知道瘋狗「改信」了天主教，從天主堂拿來牛肉罐頭，要在廚房熱來吃，但被家人阻止，傳統台灣人的家裡是不准煮食牛肉的，瘋狗只得在院子裡「另起爐灶」。據我同學說，瘋狗在家裡沒有什麼人緣，每個人包括他自己的妻兒都不怎麼「尊敬」他，就連他的母親也討厭他，老說他不孝，幾次要他搬出去，但他身無長物，無處可搬，就只好在家住下去。

大約十五年前，我那同學因一種奇怪的病而早逝了，我特別從台北回鄉參加他的喪禮，在喪禮中看到了瘋狗，他爲他弟弟的死哀傷不已。他還認得我，但因所在環境不宜，我們沒有交談。他的頭髮大部分掉光了，沒掉的也變成了白的，他伸出手讓我握了握，手上的肉還是厚厚的，但似乎已經沒有握緊的力量了。這雙手在我少年的時候，曾經操縱過多少事？讓多少孩子受到打擊或屈辱？但在喪禮中卻顯得鬆弛而無助，我突然想起古詩中有「零落同草莽」的句子，再盛大的花景也有飄零的時候。我有點想問他另個老師紅猴的事，但沒有問出口。紅猴在當時或者已過世了吧，沒過世也比瘋狗更老了，這些事何必要問呢，人的結局在這一部分不都全是一樣嗎？

有弗學？

以下是我少年時代三位老師的故事：

一、張鴻慈

《中庸．哀公問政》裡頭有段話是用問答的方式寫的，上面說：「有弗學？學之弗能弗措也；有弗問？問之弗知弗措也；有弗思？思之弗得弗措也；有弗辨？辨之弗明弗措也；有弗行？行之弗篤弗措也。」反覆問答的目的，是要我們牢記前面所說的博學、審問、愼思、明辨、篤行五種德行，老師說聖人要我們努力讀書，就算我們是笨蛋，但「只要功夫深，鐵杵磨成針」，也一定能夠成功的。後面又說「人一能之己百之，人十能之己千之」，我們笨人只要用功，必要時花聰明人百倍的力氣或時間，聰明人能做成的事我們一樣能做成，所以《中庸》又說：「果能此道矣，雖愚必明，雖柔必強。」

老師在上面講得頭頭是道、義正辭嚴，但我們在下面不能無疑問，只是沒有人敢舉手提出來而已。難道聰明人做完一件事之後就束手不幹，翹起二郎腿等我們後頭的人奮起直追？我們即使費一百倍的力氣，做成了也最多跟他是個平分，値得嗎？要是聰明人閒著嫌無聊，又找一兩件事情來做，我們豈非永遠趕不上了，他如果又像孔子說的「發憤忘食，樂以忘憂」的發起憤來，我們笨人還有得玩嗎？除非聰明人都像顏回一樣的短命，但壽夭之間也不會差了百倍吧。這說明聖人的這些話如不是騙人，至少也都有點迂。

教我們讀這些文字的是我們國文老師，又兼我們導師的張鴻慈先生。我讀初一初二都是他教的，後來我留級就沒被他教了，他還是把原來那班帶到初中畢業。畢業多年後班上的同學還很懷念他，因爲他教書很認眞。國文課本上畫雙圈的課文，他都要我們背，不管是文言或是白話。我記得背的最長的是徐志摩寫的〈我所知道的康橋〉，裡面很多很歐化的句子，如「遠近的炊煙，成絲的、成縷的、成捲的、輕快的、遲重的、濃灰的、淡青的、慘白的，在靜定的朝氣裡漸漸的上騰，漸漸的不見，彷彿是朝來人們的祈禱，參差的翳入了天聽。」又如「啊，那是新來的畫眉在那邊凋不盡的青枝上試它的新聲！啊，這是第一朵小雪球花掙出了半凍的地面，啊，這不是新來的潮潤沾上了寂寞的柳條？」那一段時候，我們小孩講話都學著書裡「啊」來「啊」去的，再加上許多「那是」、「這是」、「這不是」莫名其妙的句法，怪腔怪調的像在演戲一樣，像這種長又夾纏的句子讀起來都十分拗口，但硬是將它背熟又背快了，像成排的子彈從機關槍中掃射出來，也過癮得很。老師會利用早自習的時間要我們背書，課文背完，又規定許多課外的文章要我們背，上面舉例的《中庸》，還有《大學》等都是他特地挑出來的。他並不冬烘，不像迷信背誦的人都不跟人講解，他要求我們背的書都會先講解一番，像前面《中庸》中的一段，他常提示前面的問句如「有弗學？」要我們回答「學之弗能弗措也。」接著告訴我們弗就是不，「有弗學」即「有沒有學呢」的意思，而措是停止的意思，「弗措」是指不要停止，但他的解釋僅能達意而已，他口才不好，理由也不充足，經常有詞窮的時候。

他對學生很慈愛，這也許與他的名字中帶個慈字有關。學生書背不出，有時犯了錯，他會生氣，但好像從不打學生，原先警告要扣分的，到時也扣得很少，或者乾脆不扣了，大氣得很，因此沒什麼人會怕他。他不滿意的時候常會不自主的皺鼻子，大家就跟他取了個「阿鳥」的綽號，背後都阿鳥阿鳥的叫他。阿鳥是台語的意思，但得照國語來唸，台語把皺的動作叫成國語「鳥」的聲音，所以這「阿鳥」的鳥字並不是像許多罵人髒話裡面的壞意思。不過我很少以阿鳥叫他，總覺得叫這麼正經的老師做阿鳥，確實太不正經了。

張老師的太太是我上小學時學校的老師，我這麼稱她是因爲她教的是低年級，從來沒教過我，但學校很小，所有老師與學生都是認識的。老師與師母很恩愛，在張老師教我們的時候，他們膝下猶虛，我上高中以後，老師轉到別的學校教書，師母教的小學，也就是我的母校也因故解散了，我就沒機會再見到他們。據說他們後來領養了個男孩，那個男孩長大了後不太聽話，爲他們夫婦帶來不少煩惱，至於細節我們都不很清楚。

大約十年前，一天我的同學古朝郎告訴我老師死了，老師年老時住在台中，我們特別趕到他們台中的喪家。老師已出殯完畢，家裡空蕩蕩的，師母當然也很老了，卻還記得我們。我們問她家人還好嗎，想起那個師弟，就算比我們小，也該有年紀了，她不正面回答，只說：「唉，就別提了吧。」

二、法雲和尚

我在另一篇文章裡寫過我一位初中的歷史老師，他是四川人，姓鄒，單名一個「人」，這名字有點怪，一次別人問他怎麼取個「人」字，他沒好氣的反問人家說難不成該取個「鬼」嗎？據說他年輕時做過強盜，還殺過人呢，後來又落髮出家，在廟裡待了很長一段時間，法號叫做法雲和尚，最後又不知道爲什麼「落草」到我們這個窮地方，做個專教歷史的教員。他個子很高，留著大把黑白相間的鬍子，頭髮也從來不梳洗，邋遢得不得了，濃重的四川口音，沒幾個人能懂，他成天醉醺醺的，上課都是亂講，他教歷史其實有點不合格，但他教什麼是合格的呢，卻也沒人能確定。

儘管知道他上課是亂講，學生還很喜歡上他的課，聰明的小孩常會故意「設計」一些問題讓他來發揮，最好說一些打家劫舍的事情來聽。有次上課講到黃巢殺人盈野，就有人問他黃巢如何殺人，要他「順便」也講些當年殺人的故事，他傻傻的竟然落入圈套中。他說既做強盜沒有不殺人的，以前做強盜沒有槍，殺人都是用刀，他說做強盜也得講「人道」，強盜的人道是殺人要給人一個痛快，不要折磨人家。讓人痛快莫過於用刀「戳」他心臟，但是心臟外面有層排骨擋著，再快的刀也戳不進去，「那時候要怎麼辦？」想不到他認眞起來，他叫前排一個小個子的學生站到講台上去，乘學生不注意一個馬步向前，用左手扣著他的頸子，把那學生臉都嚇青了，他把右手比了比拿刀的樣子，指了指學生「排骨」下的腹腔說：「從這裡戳進去，要記得刀尖要對準心臟，戳到底，刀把子這麼轉上一轉，這小子一下子就斷氣了！知道了嗎？知道了嗎？」他怕人不懂，連表演了幾次，一時之間他把歷史課當成殺人課，又把教室裡的學生當成他寨子裡的嘍囉看了。說完他一鬆手，剛才表演被殺的學生呆立在那兒，久久沒有動靜，眼睛都快嚇出淚水了，全班則鴉雀無聲，一片靜默，下課鐘響了後又過了好久才慢慢回復常態，經過這次之後，再也沒人敢要他說殺人的故事了。

他的專長其實是書法，他擅長草書，喝了酒更喜歡寫狂草，他有幾隻像雞毛撢子般長筆桿的毛筆，能做古人所說的擘窠大字。他也能正經八百的用楷法寫「榜書」，有一年天主教靈醫會在小鎮創辦聖母醫院，招牌就是請他寫的。醫院招牌四個大字要先請他寫就，再讓人用木頭雕好塗上金漆，釘在醫院磨石子頂樓的高牆上，一個字要比兩張榻榻米還大。要是現在，書法家會寫一般大小的字，讓人按倍數放大即可，但我們這位大和尚卻眞的照規定的尺寸來寫。他要我們「小鬼」把報紙黏好鋪在地上，要寫這麼大的字，他原來的大筆都派不上用場，他眞拿起一隻特大號的拖把，沾起洗腳盆裡的墨汁，說寫就寫的秋風掃落葉起來。那幾個字太大，在近處根本看不出好壞，等一個月以後，醫院開幕，遠處就看到那四個閃閃發光的金色大字，眞是龍蟠虎踞的有氣勢得很。他也得意非凡，把醫院送的潤筆全買酒喝光了，看到人老是說：「什麼天主教嘛，還是得找我這個和尚幫他提振提振！」然後哈哈大笑起來。

我讀高中之後不久，他就離開我們學校「轉」到宜蘭農校任教去了，農校一團糟，當時是沒有人想去的，他到那裡去有點像古人遭逢貶謫的味道，究竟何以致之，沒人確實知道，他在我們學校成天喝酒鬧事，也許本來保他的校長後來也保不了他了吧。我讀大學的時候有次回學校，一位與他有交情的老師告訴我，說鄒人老師死了，言下不勝欷歔。那位老師說，他到了農校依然成天喝酒，一天倒在地上，連呼吸都沒了，學校請人買來棺材，把他入殮的時候想不到他卻又悠悠的坐了起來，把周圍的人幾乎嚇死。他活過來以後還是喝個不停，終於又拖了一年多，才

「眞」死了。

我在台北上大學的時候，每次回鄉，都會經過鎭南的南門溪，聖母醫院就在溪邊，我常從不同的角度看醫院主樓上的那幾個大字，那四個字不但寫得瀟灑，又堂堂正正的，透露著無法言喻的恢宏氣度，很少人知道那是由拖把寫成的。法雲和尚已經「圓寂」，他的遺墨仍壁立千仞般的留在高處，像是要向人們見證些什麼。然而幾年後，醫院改建大樓，那四個大字最後也被拆卸掉了。

三、王攀元

我剛上初中，就遇上一位老先生教我們美術，後來知道他與民國同歲，當時也只不過四十幾歲罷了，但齒危髮禿，一副老態。他名叫王攀元，是蘇北人，說起話來，全是徐州鄉下難懂的口音，再加上他牙齒快要掉光了，齒舌音相混，說話還會漏氣，當然更沒有人能懂了。因爲學校小，只有他這一位美術老師，他從初一起一直教我到高三，算是與我淵源獨深的老師了。

他極不善於說話，再加上說的話也沒什麼人能懂，所以就與他相處半日，也常常聽不到他講一句話。他第一次來上課，晃晃悠悠的走進教室，嘴裡喊著「堪碧花」，然後用粉筆在黑板歪歪斜斜的寫上「鉛筆畫」三個大字，我們就知道他家鄉話是把鉛筆畫唸成「堪碧花」的，從此就任學生用鉛筆在白紙上自由塗鴉，不太管學生了。我記得從初中到高中，美術課好像沒幾堂不是畫鉛筆畫的，當時窮，沒幾個人買得起水彩，畫油畫買油彩更是天方夜譚了。他上課，教室當然亂哄哄的，有時得勞神巡堂的老師或教官來維持秩序。

學校課程有主科與副科之分，國、英、數是主科，史、地、公民則為副科，像美術、音樂、工藝、家事等課又是副科中的副科，學校從上到下，是沒一個人瞧得起這些課程的。當然教這些副科的教師也備受歧視，他們的辦公室在總務處的隔壁，狹小陰暗，是學校最不起眼的角落，幾個人合用一張大桌，桌子空蕩蕩的沒放什麼東西，好在他們也很少用到。教師有出勤的規定，但這些教師永遠是化外之民，從沒人會去查他們的出勤記錄，他們很少在辦公室，多數是有課就上，下了課就走人。

但王攀元除外，他上課之前與下課之後全待在辦公室裡，你可以隨時在定點找到他。他家住宜蘭，每天坐早班的火車來學校，早上沒課，他就在辦公室的藤椅上看書讀報，很少與人打招呼。他的午餐簡單至極，只是幾根油炸的麻花，通常就著白開水吃。麻花是硬又脆的東西，他的牙齒幾乎都快掉光了，吃起來十分費力，他必須把麻花掰開成小段，小心放在僅剩的幾顆牙齒之間，先咬後磨再細嚼，兩隻麻花吃下來得花上很長的時間。我與他相處很久，午餐幾乎沒看過他吃麻花以外的食物，我不明白他為何非得吃那種東西不可，不能換吃別種食物嗎，或者偶爾換換？後來我讀梅爾維爾（Herman Melville, 1819-1891）寫的小說〈錄事巴托比〉（*Bartleby, the Scrivener*）時，心裡陡然一驚，原來食物在小說中充滿象徵，這篇小說所描寫的巴托比是紐約華爾街一家律師事務所的書記，故事裡的他也只吃一種食物，就是薑餅。巴托比孤僻偏執，完全無法與人相處，最後死在瘋人院中。王攀元在食物上與他何其相似啊，希望我的老師不要有那麼悲慘的命運才好。

我與兩個同學平常對繪畫有興趣，也會畫幾筆，常被訓導處找去為學校做壁報，安排指導我們的老師當然只有王攀元了。我們已上高中了，已經懂得竅門，偶爾會「投機」耍些手段，我們向訓導處申請購買比較好的水彩，只要有單據，沒有不准的，用剩的，就被我們幾個人瓜分。水彩罐子打開即使沒用完，很快就乾了，我們不用，乾了就跟報廢了一樣，因此讀高中後，我們幾個就有用不完的水彩，連帶使我們言行舉止，也都因這點小小的富裕而自命不凡起來。有時我們會把剩下的水彩交給王老師，要他拿回家用，但他老實，認爲那是公物不能拿，但他說如當場使用就沒有問題，我們就鼓勵他在我們做壁報的時候作畫，他就不客氣的在旁邊一張一張的畫了起來，他把畫壞的當場撕了，幾張畫得不錯的都送給我們。

他雖不太會說話，但畫畫得眞好，他有國畫的底子，常把畫國畫水墨的筆法放在水彩畫上。羅東當年有位有名的水彩畫家叫藍蔭鼎，曾被美國人邀請出國寫生，舉行畫展也造成轟動，被譽爲水彩大師，當時美國新聞處還特別出過他的畫集，他的畫不要說在台灣，就是在世界也是很有些名氣的。我看他的畫，技巧確實很好，他的水彩光鮮亮麗，又有層次感，王攀元的就不是如此。王的畫布局簡約，色彩結成團狀又比較幽暗，他最喜歡畫的是幾行衰柳，下面一條小船，或是在一片不分遠近的原野上立著一棟茅屋，他不是用透視的方式看風景，所以遠近對他而言不重要，說抽象也不盡是，他描述的是他心裡對外界事務的觀照，不是邏輯的，當然更不是客觀的。拿來與藍蔭鼎的畫相比，藍的畫儘管燦爛又精準，但總覺欠缺蘊藉，不夠空靈，這是國畫寫意派的境界，學西畫出身的人是很難體悟這裡面的意義的。

高中畢業後我看資料，才知道王攀元是上海藝專畢業的，奇怪是他以前似乎從未提起過。上海藝專在三、四〇年代，曾引領國內藝術風氣，幾個主要的教師，如劉海粟、徐悲鴻、潘天壽、王濟遠等人，都是主張藝無東西技兼中外的，難怪王攀元的西畫充滿了中國人的藝術思維。但他命運困蹇，沒地方讓他一展所長，他很少作畫，即使畫出來也沒人看，他只得像埋身在華爾街的書記巴托比一樣，把自己嚴密的封閉在世界陰暗的角落。

然而世事的變化完全出乎人的預料，王攀元到了七十歲左右，突然在島上大紅大紫起來，當然他的畫確實有特殊的價值，在「畫壇」上應該有他合理的位置才對，他被「埋沒」了太久，社會理當還他一個公道。不僅如此，他越老越受人看重，直到今天已經接近一百歲了，據說還在創作不休，眞是老而彌堅呀。我聽說他一幅小幅的水彩，現在市值三十萬至五十萬，而油畫更貴。

自從他的「市值」提高後，我們要去見他就困難了，事先必須通過好幾層「關卡」，再加上他重聽得厲害，說話即使用喊的，也不見得聽得進去，想想又何必呢？知道他被照顧得很好，就不再去見他了。不過這種「暴起」之勢，他自己起初也很不適應，他要那麼多錢幹什麼呢？鎂光燈與金錢是最容易扭曲人的性格的，但人一掉入那個陷阱，就很少能掙脫得出來，否則怎麼叫它「名韁利鎖」呢。二十多年前，那是他正「紅」起來的時刻，有次他在台北仁愛路的名人畫廊舉辦畫展，晚間參觀的人走光了，我陪他走回他暫住的地方，在路上他一邊抓著我的手一邊跟我說：怎麼像夢一樣啊！

世事確實像夢一樣。回想我中學的幾個老師，那個瘋狂的法雲和尙早已過世，除了那個表演被殺嚇出一身冷汗的小孩，現在應該已沒幾個人會記得他了。教我們背書的張鴻慈老師也過去了，記得他的學生應該比較多，因爲他做過長時間的導師，與學生的關係較深，但記得詳細的也一定不會太多，有一次我問古朝郎還記不記得張老師教我們背「有弗學」的事，他說背書還記得，但背的是什麼已無任何印象。可見人的記憶各憑好惡而有所選擇，想記的會記下，不想記的很快就忘了，心理學家說常人的記憶是既不公允也不正確的，記憶如不正確，記得與否，當然就不是那麼重要了。

在我書房的一面牆上掛著王攀元老師早年送我的一幅水彩，上面畫的是一輪紅日，我常在這幅畫前凝神沉思。它有強烈的暗示作用，又有豐富的啓迪意味，但它也同樣讓我困惑，我甚至不能斷定畫中的太陽是旭日或是落日。同樣的，我們所面對的紛紛世事，有的再清楚不過，有的雖清楚卻無法不啓人疑竇，像是成功與失敗，掌握與失去，榮譽與羞辱，哪個更接近人生的眞實？這樣的問題，我總也找不太出答案來。

後記

可能是老了吧，最近常想起往事來。都是細瑣的，微不足道的。譬如一些我從來沒想起過的事，一天突然想起了，或以前曾經想起過，但光是想起，卻從來不曾思索，現在會放在腦中思索了。思索半天也不見得會得出什麼結果來，不過無所謂，思索有時有目的，有時沒有，思索只是比一般的想繁複點吧。

我還不到四歲的時候，父親死了，那時好像抗戰剛勝利，父親服務的兵工廠還沒從湘西「復原」到它原來的地方，我們還住在辰溪的一個臨溪谷的木頭屋子裡，長大後看沈從文的小說，這地名常在他的故事中出現。父親的棺木由幾個工人費力的扛進屋子，棺木外層塗著簡陋的紅漆。他們把穿著一身白衫的父親抬進棺木，棺木前的方桌上放著糕點供品，我記得我吵著要吃，姐姐說那是給父親吃的，但我不管繼續吵，母親就從供桌上拿了一塊糕給我吃了，那是我對我父親喪事的唯一記憶。父親匆匆埋葬，據說我們要隨廠遷徙，父親的墓碑是用木頭做的，父親應該埋在距離我們住家不遠的一個山坡上。

後來我們遷到武昌。大姐早結婚，不與我們住一起，二姐到漢口讀二女師，我與母親及三姐及妹妹住在一起。三姐在武昌蛇山下面的一所小學上學，我六歲時該上小學了，三姐帶我一同去上學。她有一把畫著許多燕子的洋傘，把傘打開，旋轉傘柄，就像有群燕子在周圍飛著。姐姐不准我拿她的傘，怕我弄壞了，我吵著要拿，她就唱歌給我聽，歌是：「燕子啊，你來自北方……」那歌，後來常在我孤獨的夜夢中想起。

在武昌的時候，我們很窮，我們一直很窮，但大人不讓孩子知道。母親一度到漢陽的一户人家去幫傭，也把我帶著去。那家人住在一座湖的邊上，湖邊長了很多蘆葦。一天我發燒，母親有事要做，不得不留我一個人在房裡，她倒了一大杯水放在桌上，要我睡醒了記得喝水，她臨走又放了個柿餅在我枕頭下，說餓了可先吃它。母親不知什麼時候才回來，我一直很乖的躺在床上，發燒也使我沒力氣，那柿餅的香味陪伴著我。不只如此，我以後一聞到柿餅的香味，就想起自己的童年，那個慘澹的生病的童年，當然其中也少不了母親。

可能是四八年吧，年底的時候共軍要渡江了，武昌頃刻不保，讀二女師的二姐已與我以後的姐夫結識，二姐夫當時是國民黨的低階軍官，他要我們隨政府南遷，他的部隊在別處，但他派了他身邊一個名叫韓良友的勤務兵安排我們搬家的事，韓良友是四川人，臉上有麻子，脾氣很好。我們「撤離」武昌的時候已是兵荒馬亂的狀態了，我聽有人指著火車站上面飄著的青天白日旗說，再幾天就要給換下來了，我無法分辨他的語氣是興奮或是悲情，我那時也不覺得有什麼，哀傷是成長之後才有的。火車擠不上去，韓良友把我們拉上車廂頂，車廂的頂部是半圓形的，很不好坐人，韓良友用軍人的綁腿帶子栓住我們，帶子另一端綁在車頂通氣口的鐵架上，這樣我們就不會摔下來了。他還把一隻網籃、一個木製的馬桶用同樣的方式綁在通氣口，網籃因為大還好，那隻馬桶本身是圓的，雖然綁得很牢，火車走時顛簸，隨時有可能滾下，我只好一路用手抓牢它。沿路我想，這隻馬桶做出來的時候，一定沒想到會被人帶到遠方吧，而我們人呢，下一步要到哪裡，連大人也不見得事先知道。到了岳陽，韓良友看有人下車，就把我們小孩拉進車廂裡，他跟大人仍留在車頂，直到衡陽。我們後來在衡陽住了幾個月。

隔一年，我們從廣州海珠橋旁的碼頭搭船，據說船要先經過香港，然後航向台灣。船走了一半，聽說香港不准我們船進港，廣州又「失守」了，我們進退維谷，後來船就帶我們到海南島，我們在海南島住了一段時期。我們乘的船是艘近海的平底船，十分搖晃，船艙擠滿了人，大多是軍人及軍眷，大家都在嘔吐。船長巡船時發現母親說寧波話，說是同鄉，就讓母親帶了我們擠到他的船長室，就在駕駛台的旁邊，船長說那裡空氣好些。駕駛台裡一架收音機正在廣播，裡面的人一遍一遍的教人練習唱歌，歌詞是：「起來，不願做奴隸的人們！」不久我都學會了，不過我對裡面的那句「每個人從心裡發出了反抗的吼聲」不很懂，因爲歌在這兒唱得太快了。甲板上擠滿著穿土黃色軍裝的部隊，還有一大批穿灰藍制服的「傷兵」，胸口畫著個紅十字，甲板一點空隙也沒有。船在接近出海口的地方，顛簸得更加厲害，一個兵掉下船了，他在船尾捲起的黃浪中狠命招手，但船沒有停下來，一會兒就見不到他了，不知是太遠了或是滅了頂的緣故。

交錯的圖像，麻痺的感情，回憶都像上面寫的，全是細瑣的事，沒頭沒尾，有時頭起得不對，有時結尾反而像是起頭。事是亂的居多，很多聲音，很多人影，也該有複雜的線條與色彩的，但回憶中都被壓縮成了無聲的薄片。到台灣後我們住在宜蘭的羅東，以後我在那兒度過小學、初中到高中的生活。這本書上寫的，就是在那裡的生活。片片段段零零星星的，平常不見得都記得，但蛋殼上只要打開一小孔，整個蛋汁就會全流了出來，那些早已消失的人與事自己會來找你，揮也揮之不去似的。

我常想「故鄉」是什麼。小時候聽人家唱一首歌名是〈我的家在大陸上〉的歌，家在大陸上表示沒有家，因爲大陸太大了，說我的家在大陸上跟說我的家在地球上有什麼分別呢？故鄉應該是個小地方，是以自己家爲核心，由親戚、同學、同事朋友所形成的一個不太大的「聚落」。故鄉是對於一種習慣的稱呼，這習慣包括吃東西時的甜鹹口味，對空氣濕度、色彩明暗的反應，還包括形容詞的用法、吃甘蔗時要帶皮吃或不帶皮的吃之類的一切生活細節的態度，故鄉假如不包含這些，故鄉就只是一句空言。還有，故鄉是一種哀傷，這一點很重要。我看到台北的信義區，連棟大樓排雲而起，我看到高雄愛河被整治一新，我爲明亮與崢嶸的現代建設欣喜，我沒有哀傷，我在那裡找不到歷史的對照，就是找到也不關痛癢，因爲它不是我的故鄉。但我在羅東就不然，那個名叫「南門港」的小溪已成公路下的暗溝，以前的「暗間仔」妓女户變成了繁盛的街衢，太平山的林業早衰頹了，運林木的小火車在遭廢棄的竹林總站爛成斑斑廢鐵，我住過的低矮眷舍已改建成摩登的電梯大廈了，……高雄人來看羅東，以爲一切摧枯拉朽是進步的象徵，而我跟我的幾個同學卻因爲這樣的改變而黯然神傷，只有認故鄉爲故鄉的人才會覺得這裡已變得不是故鄉。

什麼是記憶呢？連帶要問，什麼又是遺忘？去年二姐去世，她是我們家裡最「冰雪聰明」的人，她過世前四五年就開始記不清楚東西了，但在她正要全面忘卻的時刻，她的記憶卻違反常理的又多又「好」了起來，但記得的都是很早以前的事，而且時空錯置得厲害。她老是說母親在家裡等她，她好幾次騙過照顧她的孩子，從台北乘夜車趕回羅東，她在南門港附近徘徊，她說怎麼家都變了，連她都認不得了，她焦急的沿路敲門問母親在哪裡。最後遇到熟人，才打電話給我外甥將她領回家。記憶是專爲遺忘在作準備嗎？

有關回憶的事，怎麼說也說不完的，還是不要再寫了。這後記寫得有點悲哀，我該寫些像書裡輕鬆又愉快的往事，但我在寫那些輕鬆又愉快的往事時，心情是複雜的，不見得每次都是看來那麼輕鬆。很感謝《印刻文學生活誌》邀我寫了一整年的稿，讓我在寫稿的時候暢快又憂傷的回憶往事。這些文章在雜誌刊登，專欄的題目是「五陵衣馬」，現在出書了，書名卻成了《同學少年》，有些人不明究竟。這個典故正如張瑞芬教授在序中說的，是來自杜詩的「同學少年多不賤，五陵衣馬自輕肥」。老杜對身陷安史之亂的長安老「同學」頗爲憤憤，亂世之中仍能著輕裘、乘肥馬的人當然是人格有問題的。我的書名雖來自杜詩，但嚴格說來是倒用其意，我回憶中的少年同學沒有一個是「五陵衣馬自輕肥」的，他們不僅不是「不賤」，而是不折不扣的微賤或者是貧賤，但因爲有他們，台灣顯得不那麼浮誇，顯得比較眞實，台灣這個地方更像我們的故鄉，值得我們爲它珍惜而憂傷。

謝謝張瑞芬，她決定爲這書寫序的時候，我們尚是素昧。她的序寫得太好了，以致使得我再說什麼都是多餘。她寫得好不是對這本書所作的讚揚，而是她把一個人的所有創作當作一件事來看，文學與生命都是不能分割的，她整體來評論，發潛德之幽光。我有潛德也有幽光嗎？被張瑞芬一說，似乎有了起來，她不知道我有多高興。

我覺得，自己要更努力。

二〇〇八年八月立秋已過之日

INK PUBLISHING
文學叢書 216

同學少年

作　　者　周志文
總 編 輯　初安民
責任編輯　陳思妤
美術編輯　黃昶憲
校　　對　吳美滿　陳思妤　周志文

發 行 人　張書銘
出　　版　INK 印刻文學生活雜誌出版有限公司
台北縣中和市中正路 800 號 13 樓之 3
電話：02-22281626
傳真：02-22281598
e-mail：ink.book@msa.hinet.net
網　　址　舒讀網 http://www.sudu.cc

法律顧問　漢廷法律事務所
劉大正律師
總 代 理　展智文化事業股份有限公司
電話：02-22533362・22535856
傳真：02-22518350
郵政劃撥　19000691 成陽出版股份有限公司
印　　刷　海王印刷事業股份有限公司

出版日期　2009 年 1 月　初版
ISBN　978-986-6631-36-8

定價　240 元

國家圖書館出版品預行編目資料

同學少年：周志文著；--初版，
--台北縣中和市：INK 印刻文學，2009.1
面；　公分. --（文學叢書：216）
ISBN　978-986-6631-36-8（平裝）

855　97021108

INK

INK INK INK INK INK INK I
NK INK INK INK INK INK INK
INK INK INK INK INK INK I
NK INK INK INK INK INK INK
INK INK INK INK INK INK I
NK INK INK INK INK INK INK
INK INK INK INK INK INK I
NK INK INK INK INK INK INK
INK INK INK INK INK INK I
NK INK INK INK INK INK INK
INK INK INK INK INK INK I
NK INK INK INK INK INK INK
INK INK INK INK INK INK I
NK INK INK INK INK INK INK
INK INK INK INK INK INK I
NK INK INK INK INK INK INK
INK INK INK INK INK INK I
NK INK INK INK INK INK INK
INK INK INK INK INK INK I
NK INK INK INK INK INK INK
INK INK INK INK INK INK I
NK INK INK INK INK INK INK
INK INK INK INK INK INK I
NK INK INK INK INK INK INK

NK INK INK INK INK INK IN
INK INK INK INK INK INK I
NK INK INK INK INK INK IN
INK INK INK INK INK INK I
NK INK INK INK INK INK IN
INK INK INK INK INK INK I
NK INK INK INK INK INK IN
INK INK INK INK INK INK I
NK INK INK INK INK INK IN
INK INK INK INK INK INK I
NK INK INK INK INK INK IN
INK INK INK INK INK INK I
NK INK INK INK INK INK IN
INK INK INK INK INK INK I
NK INK INK INK INK INK IN
INK INK INK INK INK INK I
NK INK INK INK INK INK IN
INK INK INK INK INK INK I
NK INK INK INK INK INK IN
INK INK INK INK INK INK I
NK INK INK INK INK INK IN
INK INK INK INK INK INK I
NK INK INK INK INK INK IN
INK INK INK INK INK INK I